那么慢，那么美

三生三世里的宋词

玉裁 著

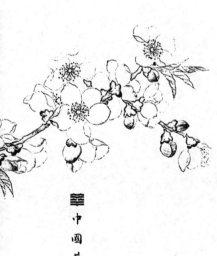

中国华侨出版社

·北京·

　　宋朝文人的自由培育了优质文化的佳酿，然而也是因为太过自由，而显得凌乱、散漫，每每励精图治的最后都是人去朝空。

　　如果非要为宋朝的历史寻找一个可以匹配的标本，应该就是曾卓的那首诗，《悬崖边的树》。她被历史的风吹到悬崖边，因为崖边的晚照、晴空、如茵的绿草、奔流的小溪而变得绿冠成荫。也因为这种滋养，宋朝的大树生长得越来越丰盈。可惜枝繁叶茂的时候，她也面临着危险。她总像是即将展翅飞翔，又像是会倾跌进深谷里一样。"物极必反"，大概就是这个道理。能够明辨这一层，便会对宋朝的风华有不同的理解。

　　这是一个自由但也任性，开阔但也禁锢，舒适但也离乱的朝代。盛与衰在此交融，高雅与低俗在这里磕碰，尘世的欲想与来世的幻想在这里纠结。只有美丑并立、雅俗同分的时代，才能够看到如此的妖娆。犹如"绝情谷"的情花，因太过鲜艳、绚烂，所以含着深深的剧毒。很多人都中了宋朝的"毒"，受了历史的蛊惑，受了前人艳羡评论的指引。而宋朝与生俱来的希望是平安，她只愿意在绝情谷底被世俗深深地遗忘，然后体味自己的绽放与凋零。

在宋朝的花园里，凝霜含露，最美的一朵情花莫过于宋词。她占尽园中风情，将尘世的浮名、仕途的追逐、江湖的杀气、女子的娇艳、爱情的甜美，都汇集在词人们的笔下，凝结在一首首的词作中。没有人能够给宋代的飘忽找到合适的注脚，如果非要选择一个具体的意象，那么恐怕也只有宋词了。在宋词中体味其千娇百媚的世间万象，也在缕缕宋词的芳香中，深味人间悲欢离合的爱憎。

宋词里有数不清的繁荣。当年的汴京城车水马龙、川流不息，勾栏瓦肆里的说唱艺术，青楼女子倚门回首的娇媚，集市上的叫卖声、吆喝声、说笑声此起彼伏，连绵成一幅清明上河图。

宋词里游走着各行业的精英。寇准、包公、水浒英雄的故事，连同人们的记忆与想象一起被保存下来，尘封在历史的祠堂，活跃在21世纪的荧幕。琴操、严蕊、李师师们香艳的往事，随着青楼娱乐业的鼎盛，气韵悠扬。

宋词里有沙场的英雄。岳飞的怒发冲冠，辛弃疾的金戈铁马，陆游的王师北定，文天祥的丹心汗青，杨家将与杨门女将……连年的征战造就了时代的英雄，杀敌报国、驰骋疆场，为一朝安逸撑起了和平的天空。

蓦然回首，京都繁华已尘埃落定；时光轮回，谁在墨香古卷的词香里永远不老？

目录

无望复中原，大江东流去

岁月淡美，人生简静

如花美眷，
似水流年

宋词中的女人就像水边的花朵，在宋朝烟波浩淼的湖畔兀自开了又落。朝也幽幽，暮也幽幽，漫过了流年。女人的美与宋词的美相辅相成，合二为一，完美结合。在唇齿留香的词韵中，仍能够感受她的神态，或拈花微笑，端坐如莲，或眉头紧蹙，掩卷伤神。

只恐流年暗中换：花蕊夫人

花蕊夫人乃后蜀国君孟昶之爱妃，貌夺花色，才学过人。后蜀亡后，嫁宋太祖为妃。后又相传也与宋太宗生情。能够与三位皇帝前后关联，也算是罕有的境遇。著有《述亡国诗》，流传甚广，被后世推为佳篇。

一位美女引发的版权之争

那一晚，夜色清凉如水，摩诃池上的水晶宫内，一对恩爱的夫妻正在携手望月。微风徐来，水晶宫内沉香袅袅，女子身上的薄纱飘逸出浪漫的闲愁和慵懒。

而这份情致在情人眼里正是最美的时刻。于是，丈夫饱蘸深情地为妻子写下这样的词句：

冰肌玉骨清无汗，水殿风来暗香暖。帘开明月独窥人，欹枕钗横云鬓乱。

起来琼户寂无声，时见疏星渡河汉。屈指西风几时来，只恐流年暗中换。

《玉楼春·夜起避暑摩诃池上作》

冰肌玉骨，水殿风来，暗香盈盈，明月窥人。不知是怎样的心情惊扰了二人的美梦，让他们乐于披衣而起，在皎白的月光中，看月，看星，看情人的爱，也看自己的心。相知相守是所有情侣共同的梦想，而一句"只恐流年暗中换"又是多么的触目惊心！欢愉如此短暂，时间终究会偷走一切，美貌、尊荣、财富、地位，还有彼此曾经浓到化不开的情谊。在我们的人生里，谁能斗得过时间呢！一个"恐"字道出了多少对现实深深的眷恋和对生命梦寐以求的奢望。

这样的词句，每每读来总是让人充满了感激：中国古典诗词的美丽其实并不在于束之高阁的学术研究，而是在于融化进日常琐事中的情思。这些最美的宋词，是历史长河的博物馆，是永恒时光的刻录机。不管经历多少沧桑变幻，我们还是能够在泛黄的书页中找到让自己怦然心动的共鸣。仅此而已，但已然足够。

关于这首词的版权问题向来有所争议。

有人说是后蜀末代皇帝孟昶写给夫人的，名为《玉楼春·夜起避暑摩诃池上作》。还有人说这首词脱胎于苏词，原作不是孟昶，根本就是苏轼所写。

我们能理解前者的浪漫。一个末代国君，无论生活上如何奢靡，政绩上如何不济，但只要他懂得怜香惜玉，疼爱自己的女人，在女人心里，无论犯过怎样的错误，或许都是可以原谅的。如果他能够风花雪月、吟诗作画，那就更是锦上添花的事儿了。所以，浪漫的人一定希望这首词的作者就是孟昶本人。

　　但是，单就其浪漫的情调来说，后一种传说也同样神秘而凄美。说是在苏轼小时候，有一个后蜀的老宫女（另有一说是尼姑），她曾给苏轼讲过这样一个动人的故事：那时候，后蜀的生活奢华富丽，摩诃池上的宫殿都是碧玉的栏杆，镶嵌在玉柱里的沉香随风飘散，宫内轻纱曼妙，皇帝和贵妃琴瑟和鸣，犹如人间仙境。夫人天生丽质、惊艳绝俗，"花不足以拟其色，蕊差堪以状其容"，艳冠群芳、貌夺花色，人称"花蕊夫人"。冰肌玉骨说的正是夫人的美……

　　"白发宫女在，闲坐说玄宗。"历朝历代，斑驳的历史尘埃背后，总是有着一群故事的讲述者，她们将自己的所见所闻，或者只是所闻所想，都编织进自己的前朝旧梦中，将传奇讲成故事，将故事讲成人生，口口相传，代代流淌。轻罗小扇扑流萤的时候，老宫女就这样讲出这样的故事，她会以怎样的语气来告诉一个孩童呢？带着艳羡、哀婉还是忧伤？又或者平淡如水，就像自己曾经度过的青春时光。

　　无论如何，这个故事里的爱与美如一颗顽强的种子，开始在苏轼的童年扎根。直到很多年之后，人们读到了他提笔写下的那首《洞仙歌》，才知道原来童年的所闻让苏轼毕生难忘：

　　冰肌玉骨，自清凉无汗。水殿风来暗香满。绣帘开，一点明月窥人，人未寝，欹枕钗横鬓乱。

　　起来携素手，庭户无声，时见疏星渡河汉。试问夜如何？夜已三更，金波淡，玉绳低转。但屈指西风几时来，又不道流年暗中偷换。

《洞仙歌》

　　苏轼的这首词较孟昶的词来说，内容上大致无二，但因句式上参差不齐，则更显玲珑飘逸、错落有致。"明月窥人"四个字更将花蕊夫人的娇艳写得月见尤怜。白天衣冠楚楚的夫人，此刻鬓乱钗横，夜晚的娇柔与妩媚反倒更有一番情味。携手望月，月玲珑，心朦胧，此情此景，别无所求。唯一的愿望就是：此刻的厮守不要被流年拆散。

有时候，不禁暗想，何必去在意苏轼写的词到底是一首还是两首呢？与前人扣心呼应也罢，假托他人之名还魂一个故事也罢，岁月如此慷慨，记忆如此鲜活，在这些如梦如烟的词句中，我们能够体味这样一场悲欢离合的心灵之旅，想来也是一件幸事。不妨以欣赏的态度来看待这段故事，好好欣赏这枚别在书页里的书签。

然而，对于孟昶他们来说，故事的结局并不是雾里看花的浪漫，不是戏台上的请客吃饭，而是一场你死我活的争斗。

苏词里的一句"试问夜如何"，这既是当年夜深香浓，佳人解语时的情话，也不失为对后来故事发展的伤慨，说成后世捏造的谶语也不为过。几家高楼饮美酒，几家流落在街头。朱门酒肉和路有死骨常常是同时发生的。你砸了别人的饭碗，自然有人来砸你的宫殿。

可惜的是，那些曾经妆点了花蕊夫人美貌与美梦的金银珠玉，曾经被奢华地珍藏，后来竟都被无情地砸烂。

砸碎这场繁华迷梦的，是花蕊夫人生命中又一个重要的男人。

人生若只如初见

花蕊夫人的夫君原是后蜀国君孟昶，此人贪图享乐，在蜀地广征美女充实后宫，甚至将嫔妃细分为十二个等级。他每日穿梭于胭脂水粉中，日夜欢歌，装点出一派国运亨通、歌舞升平的景象。虽然也有人替他辩论，说孟昶刚刚继承皇位的时候，也曾重农桑、兴水利，做过很多利国利民的事情，并不是什么昏聩的君王。但却有更多言之凿凿的故事证明孟昶的骄奢淫逸。

相传，赵匡胤带兵灭了后蜀之后，士兵们奉旨去后蜀的宫里收拾东西。在盘点的时候，他们发现了一件"宝物"，赶紧拿来呈给赵匡胤。没想到，宋太祖看了之后，勃然大怒，并将"宝物"砸得粉碎。原来，这镶珠嵌玉、玲珑剔透、华美无比的宝物只是一个溺器，通俗地说就是"夜壶"。想那赵匡胤一辈子克勤克俭，虽然做了皇帝，但生活依然十分简朴，看到有人将夜壶、痰盂都装饰得如此绚烂，当然非常气愤了。于是，赵匡胤不仅砸了这溺器，还狠狠地下了这样一条论断："奢靡至此，安得不亡！"细想起来，这话也有道理，连这个东西都用珠宝美玉来镶嵌，那么盛食物的碗还不知道奢华成什么样子呢！管中窥豹，孟昶到底是不是昏君似乎已是不言而喻了。

赵匡胤砸了孟昶的夜壶，砸得玛瑙琉璃到处都是，估计也砸得孟昶心疼不已。但是，有一个人恐怕比孟昶还要心疼，这个人就是花蕊夫人。岂止是心疼，她简直是痛不欲生。赵匡胤砸碎的不仅是一件宝物，还是一个国家的根基，是一个女人全部的梦想和依靠。多少次，花蕊夫人曾进言劝谏夫君孟昶要勤于朝政、励精图治，不要总是安于享乐。但孟昶却总以为蜀国地势险要，易守难攻，无须多虑。结果，花蕊的担心不幸变成了现实。

末代皇帝心中的五味杂陈是可想而知的。但不管怎样，孟昶选择了卑微地活下来，作为阶下囚，作为被宋朝耻笑的把柄、被后代指指点点的对象，忍辱偷生地活下来，领受大宋朝的封赏。在这位曾君临天下的皇帝身上，人们几乎找不到他降宋之后丝毫的反抗，更谈不上顶天立地的男人气概。越王勾践曾经卧薪尝胆，终在多年后破吴雪耻；霸王项羽兵败后大有逃生的机会，却慷慨悲歌从容赴死。英雄的选择可进可退，可生可死；但却永远不该是醉生梦死。或许，这也正是孟昶不被敬佩和同情的地方。

而在"亡国"这件事上，花蕊夫人和孟昶的态度却截然不同。

孟昶降宋后受到宋太祖的重赏，于是其携母亲李夫人和妻子花蕊夫人等家眷入宫谢恩。宋太祖自然也是热情接纳、设宴款待。宴会上，因久闻花蕊夫人才学过人，宋太祖便命她当庭作诗。于是，花蕊夫人沉吟片刻，诵出这样的一首《述亡国诗》：

> 君王城上竖降旗，妾在深宫那得知？
> 十四万人齐解甲，宁无一个是男儿！
>
> 《述亡国诗》

当日席间的尴尬，无法想象。试想，宋太祖举着酒杯，笑意盈盈地请花蕊夫人作诗，一定以为这风雅不俗、靓绝尘寰的女子定然是作些莺莺燕燕、你侬我侬的情诗，朱唇轻启、娇音婉转，想不到流出来的却是如此叛逆的诗句。"君王在城上已经插上了降旗，而臣妾在深宫里却不得而知。十四万的雄兵都放弃了抵抗，那些认输的人里竟然没有一个是铮铮铁骨的男儿。"

孟昶当年，听到这样的话，应该也是如芒在背吧。这二十八个字，字字清晰，指向在座的每一个人，每一颗心。无论是谢恩的还是施恩的，恐怕心里都不是个滋味。

有人说，赵匡胤宴请孟昶本就是冲着花蕊夫人的美貌去的，他太想知道人们口耳相传的绝色美女究竟是个什么模样。如果真是这个原因，宋太祖倒是让人同情了。

人生若只如初见，当赵匡胤心花怒放地看到艳冠群芳的花蕊夫人时，心中一定涌起了很多的激情与柔情。可赵匡胤等来的却不是美人的低眉颔首、曲意逢迎，相反，他得到的是美人的嘲讽与反抗。这反抗甚至都不曾在她丈夫的身上寻到一丝痕迹。自己心里反复描摹了多少次的相逢，原来竟是这样的结局。这是怎样一种错位的欣赏，又是怎样尴尬的初见啊！

众目睽睽之下，这就是对皇权最大的挑衅。

爱与不爱都是个难题

国破家败之际，一个弱女子本该是满怀对新朝廷的敬畏，如履薄冰地行事才对，却不料花蕊夫人竟然在颓败的废墟上昂然挺立。她像悬崖边的一株野花，像暗夜里的一缕清香，虽然带着些许的寒意，却绽放出最美的光华。

在花蕊夫人心里，大抵是没有想要活着走出这场筵席吧。不然，她哪里敢在众目睽睽之下，没有一丝的胆怯、退让甚至犹豫，就公然挑战宋太祖的权威呢？她恐怕早已生出殉国的念头了吧。

到底是谁化解了当年的局面我们无从得知，但有一件事却是可以肯定的：宋太祖原谅了花蕊夫人的顶撞。情到深处，无关对错，也许正是这个道理。亦舒说："当一个男人不再爱他的女人，她哭闹是错，静默是错，活着呼吸是错，死了还是错。"那么同样的，如果这个男人爱你，他将放下所有的尊严，体味你亡国的痛楚，同情你决绝的姿态，关爱你受伤的心灵，呵护你柔软的内心。花蕊夫人是如此幸运，宋太祖不但没有因为她的《口占答宋太祖述亡国诗》而怪罪她，甚至还对她多了几分爱慕和尊敬。

但是，这似乎并不能改善宋太祖对孟昶的态度。想想南唐后主李煜，也曾对大宋朝千依百顺，换来的也只是宋太祖的一句："卧榻之旁，岂容他人鼾睡！"

由此可以断想，即便孟昶没有这如花似玉的娇妻，宋太祖也是不会放过他的。所以，很多史家都推测孟昶的死和宋太祖大有关系，也在情理之中。

入汴京十日后，孟昶突然暴死，花蕊夫人的命运自然更没得选择了：要么就是和孟昶的母亲一样，绝食而死，为亡国殉葬；要么只能任由命运摆布，充实大宋的后宫。

对花蕊夫人的才华和样貌，宋太祖早已心中有数，入宫侍寝不久后，花蕊夫人便被升为贵妃。想那宋太祖当年也曾一条棍棒闯天下，不图任何私利地护送素不相识的女子回家，留下"千里送京娘"的美誉。说到底，无论如何霸道，骨子里还算是有些英雄气概的。而他的真情和仗义，对已经国破家亡的花蕊夫人来说，也不失为一种新的寄托。

她与孟昶是结发夫妻，固然情深；但赵匡胤赐予她新的生活，未必不义重。爱与不爱，这种在男人看来无须多想的小事，却是女人生活的全部。

可是，带着对一个人的思念去爱另一个人是多么悲哀的事情。花蕊夫人虽然宠冠大宋后宫，心里却依然止不住对孟昶的思念。她亲手绘制了一幅孟昶的画像，供于室内。料想，夜半无人时，定然是私下拜祭、暗自垂泪的。

不料，有一次刚好被太祖撞见，询问之下，她便谎称是可以求子的神仙。宋太祖听后自然十分高兴。

而"张仙送子"一事，后来竟不知缘由地流入民间，但凡求子的女人都要供一幅张仙的画像，香花顶礼，从此络绎不绝。

这世间，络绎不绝的除了女人们对"张仙"的膜拜，还有男人们对花蕊夫人的爱。真是无巧不成书，花蕊夫人生命里出现的第三个男人最后也做了皇帝，他就是后来的宋太宗赵光义。

由于赵光义在继位问题上的诸多疑点，无论是史学家还是坊间传闻，对他的人品都颇有微词。有时候，评判皇室的内务似乎比百姓的家事更为容易：江山、美人，是所有帝王家男人争执的焦点，无论输赢，二者的得失几乎都是同步的。显然，在这两点上，赵光义都跟哥哥赵匡胤有着激烈的"冲突"。

于是，赵光义带着自己的怒火与妒火，抢来了皇帝的位置。但遗憾的是，他始终没能抢来花蕊夫人的心。

要知道，花蕊夫人与孟昶是怜而有爱，那是初爱的甜美；与宋太祖是敬而有爱，那是对英雄的敬重。

前者只可依偎，后者却可停靠。而女人一旦有了依靠，心里便踏实了，也就不再需要别的人了。所以，花蕊夫人对赵光义，欣赏也许是有的，但恐怕只能是止于欣赏。

蜀道心碎，离恨绵绵

赵光义的人品向来是有颇多争议的。这个人先是导演了一出"烛影斧声"的丑闻，名不正言不顺地当上了皇帝，接着又编出来一套"金匮之盟"的闹剧。

关于"金匮遗诏"的事儿，司马光在《涑水记闻》里也曾提到过，说是杜太后病重的时候，知道自己命不长久，便叫来宋太祖，跟他说："我们之所以能得到天下，就是因为后周是儿皇帝当家，如果是个成年人的话，你又怎么会取得今天的江山呢？所以，你死了之后，要把帝位传给你弟弟，有个成年人来当皇帝，才是国家之福，天下之幸。"母后病危授命，宋太祖当然泪流满面地点头应允。据说，杜太后还让赵普把这些记录下来，藏在一个金柜里，派专人把守。在《宋史·卷二百四十二》中可以查到这一事情的始末。

但历史上的重大政治事件似乎都有一个很奇怪的现象：越是编得滴水不漏、言之凿凿的故事，常常越是藏有很深的玄机，有时候，甚至还会牵扯出不可告人的秘密。

赵光义继位后，急不可待地修改了老皇帝的年号，俨然是一副新君的姿态。而一般来说，新君继位会在第二年开始启用新的年号。可是，赵光义修改年号的时候距离新的一年只差两个月。到底是什么隐秘的心态让他连两个月都不愿意等，而急急忙忙地为自己"正名"呢？又是什么心态，让他后来丝毫不念骨肉亲情而将赵匡胤的几个儿子先后逼迫而死呢？

大概只有一种解释，就是心虚。因为心虚，所以掩饰，一份名正言顺的政权是不需要任何借口来解释的，辩解有时候恰恰是信心不足的表现。

而自从宋太祖驾崩、宋太宗继位后，花蕊夫人就如历史飓风中裹挟的一粒尘沙，倏忽间便查不到任何可考的消息了。这样一位风华绝代的美人，前后曾与三个皇帝有着各种感情夹杂的贵妃，竟然如人间蒸发般不知所终了。

诚然，关于花蕊夫人之死也是众说纷纭的。

在著名的唐宋史料笔记《铁围山丛谈》中，曾有关于花蕊夫人之死的记载。

说是宋太祖在世时十分宠幸花蕊夫人。有一次在射猎的时候，赵光义引弓调矢，仿佛是要射走兽，结果却忽然回身射向花蕊夫人，"忽回射花蕊夫人，一箭而死"。相传，他还顿足捶胸、失声痛哭，冠冕堂皇地认为花蕊夫人乃红颜祸水，皇兄如果沉迷于她，必定耽误国事。作为兄弟，他愿为天下百姓请命，一人承担射杀花蕊夫人的罪责。宋太祖听后并没有动怒，男人要以社稷为重，女人死都已经死了，何必再怪罪自己的兄弟呢。此为花蕊夫人之死的说法之一。

也有其他一些文字记载，认为宋太祖生病时，花蕊夫人侍疾，结果赵光义来探病，灯下美人，我见犹怜，于是便动手动脚，结果惊动了宋太祖。第二天早上，宋太祖竟离奇死去，而宋太宗顺势登基。至于前一天晚上到底如何"烛影斧声"，只能留给后人去做无限的猜想了。

还有一些小说演义类的记载，认为花蕊夫人当年冠宠后宫，遭到皇后的忌妒，所以被皇后毒死了。还有人说后来宋太祖不喜欢花蕊夫人了，导致她失宠后抑郁而死。

关于"花蕊之死"历来说法颇多，可任谁也无法找到翔实的史料来为这个传奇的故事做个恰当的结局。

想当日，花蕊夫人痛别国土，走至剑门道时，曾在葭萌驿的墙壁上留词一首：

初离蜀道心将碎，离恨绵绵。春日如年，马上时时闻杜鹃。

《采桑子》

国破、家散、心碎，在离开故国的时候一起涌上心头，离恨绵绵，绵绵不绝。

杜鹃的哀号在头顶时时盘绕，这一别也许就是永远……这首《采桑子》用词简单、洗练，通过几个凝神的意象将亡国的惨痛深刻地再现出来。至今读来，仍觉一字重千斤。

可惜的是，花蕊夫人的词还没有写完，就被宋军催促着上路了。于是，这泣血含泪之作，也只能永远停留在上阕，停留在烟尘扬起的历史上空。

当年，花蕊夫人在后蜀时候所作的宫词，曾是那样玲珑剔透，清新可人。"春风一面晓妆成，偷折花枝傍水行。却被内监遥觑见，故将红豆打黄莺。""新秋女伴各相逢，罨画船飞别浦中。旋折荷花伴歌舞，夕阳斜照满衣红。"那样娇羞、柔美、集万千宠爱于一身的贵妃，曾自由自在地穿梭于宫廷中，笑语盈盈，美艳如花，让整个皇宫为之生辉。可到最后，她却连写一首完整词作的时间和自由都丧失了。甚至连她何时香消玉殒，竟然也无法查证。这是历史的失职，也是传奇的损失。

历史曾给了花蕊夫人美艳惊人的出场，却没能给她一个善始善终的交代。

有时候，甚至期待花蕊夫人就那样遗失在葭萌驿的古道上了，被忽然刮起的一阵黑风，被突然冲出来的一群拦路劫匪……总之，是停留在那通往汴京朝拜大宋的路上了。

那个小小的弱弱的背影，如一座清幽的孤坟，便可以永远矗立在离恨绵绵的春天里、蜀道上。唯其如此，她后来的爱与不爱才能不被指摘。

然而，历史终究是一个无限不循环的剧本。对于和历史一同风干的美人，今天的我们，只能叹息着围观。

遥望妩媚亦清香：李清照

李清照，生于北宋官宦之家，擅作小词，词风清新淡雅。父为"苏门后四学士"之一李格非，后嫁宋徽宗时宰相赵挺之三子赵明诚，夫妻情趣并重，留下很多"赌书泼茶"的佳话。后因李清照先后遭受亡国、亡夫之悲苦，再嫁、离婚之艰辛，词风由此变化，转为深婉凄凉。

小资生活实录

在封建男权社会里，能够为才女争得一席之地，且光芒万丈，千古不散，巍然屹立于词坛而毫无逊色的，除了李清照，恐怕找不出第二个人了。而关于李清照词学的研究历来也颇多。大体上，人们把李清照的词作分为前后两期。早期词作风格柔美、活泼，既有闺中女儿的自由，也有新婚燕尔的快乐。其中最为人所称道的当属两阕《如梦令》：

常记溪亭日暮，沉醉不知归路。兴尽晚回舟，误入藕花深处。争渡，争渡，惊起一滩鸥鹭。

《如梦令》

昨夜雨疏风骤，浓睡不消残酒。试问卷帘人，却道海棠依旧。知否？知否？应是绿肥红瘦。

《如梦令》

两首词放在一起对照，可以比出诸多相似之处。旅游、吃酒、泛舟，第二天睡醒了，伸个懒腰，似乎没能散尽昨夜的浓酒，闲来无事，和丫鬟"斗嘴"，轻松快乐，饶有情趣。第一首小令中说"溪亭日暮，沉醉不知归路"，没有点明是和哪一个亲友出去游玩，但可以从词作中推测，她的郊游无比快乐，"尽兴而归"，恐怕惊起鸥鹭的时候，也同样换来了她欢愉的笑声。

不用上班，不担心迟到，高兴了还可以喝两杯小酒，才子佳人们一时兴起，提笔成文，一场风花雪月的浪漫故事说不定就此发端。以今天的眼光来看，能够随意支配自己的时间，呼朋引伴休闲度假，睡觉睡到自然醒，实在是"乐活"一族。由此看来，李清照既有旷世奇才，也拥有当之无愧的小资情调。

李清照能够在北宋词坛声名鹊起，不仅仅是个人才华的积累，也是历史的一个机缘。她生于北宋官宦之家，是标准的大家闺秀。资质聪慧，再经过艺术的熏陶和洗练，自然萃取出钟灵毓秀的神采。就如同"红楼"中的小姐们一样，个个都是舞文弄墨的行家里手。

可是，在封建社会，女人的"名"和"命"，不仅取决于自己的才华，还常常依赖于家庭和婚姻的支撑。探春才自精明志自高，可惜身逢末世，远嫁之后也只有草草收场。宝钗也是现代知性女子的典范，不料嫁了宝玉，后半生不但要独守空房，再好的诗也没人欣赏了。而中国古代四大丑女，因为才华横溢，嫁的都是位高权重、非富即贵之人，所以全都流芳百世。故而，时至今日，仍然流行这样的观念，"生得好不如嫁得好"。

一段美好的姻缘，往往可以成就女人的一生，李清照就是一个成功的典型。

李清照生在士大夫之家，十八岁时嫁给宰相之子赵明诚。夫妻二人志同道合，常常一起勘校诗文，收集古董，既是同舟共济的伴侣，也是志同道合的朋友。有故事说，他们常常于日暮黄昏，饮茶逗趣。由一人讲出典故，另外一人说出在某书某卷某页某行，胜者可先饮茶。据说有一次，赵明诚说错了，李清照饮茶时"扑哧"一笑，弄得茶没喝到嘴里，却泼了自己前襟一身茶水，夫妻乐翻天。由此，也留下了"饮茶助学"的美谈。

当年二人生活，全在情趣之上，辞赋唱和，互相欣赏、爱慕，简直是神仙美眷。用童话故事的结尾来说，"他们从此过上了幸福的生活"。即便夫妻小别，也是相思无尽，那份孤独和寂寞只是一个幸福的少妇对爱情的依恋，所谓"愁绪"寄给赵明诚之后，也就化作了缕缕甘甜。

薄雾浓云愁永昼，瑞脑销金兽。佳节又重阳，玉枕纱厨，半夜凉初透。

东篱把酒黄昏后，有暗香盈袖。莫道不消魂，帘卷西风，人比黄花瘦。

《醉花阴》

据说这首《醉花阴》寄到赵明诚手里后，他自叹弗如，惭愧得很。

但是男人的自尊激起了他的好胜之心。他闭门不出，谢绝见客，废寝忘食大写特写了三天三夜，高产了五十阕词。然后把李清照的这首混杂其中，请陆德夫鉴赏。

陆德夫再三玩味，认为只三句绝佳，赵明诚抬眼一看，为李清照之作"莫道不消魂，帘卷西风，人比黄花瘦"。当然这只是元代《瑯嬛记》中的一个故事而已。但是，据赵明诚过往行为，和与李清照的感情来推测，恐怕明诚君不会像一般男人那样大为不悦，而是会非常高兴娶了一个这么厉害的媳妇。

这大抵非一般男人所能比。

封建社会里男尊女卑，多数男人都瞧不起女人，哪怕这个人是自己心爱的女人，在男人看来也不过是一件玩偶。正因这种观念的横行，所以柳永愿意歌咏青楼女子，并大胆剖白自己的心声，不但遭到了皇帝的鄙薄，也令自己陷于尴尬的境地。幸好赵明诚、李清照二人均为望族，又是名正言顺的夫妻，而李清照的确才华盖世，深得同辈人的赞赏，所以赵明诚对妻子的欣赏被引为佳话而非笑谈。

作为一代才女，李清照能够生长在宋代，的确是一种福气。

北宋虽然没有大唐的富贵和丰腴，但总算还有自己的特色和风采。宋太祖赵匡胤登基后，曾有一条不成文的规定，"不杀诤臣，不杀读书种子"。文化的宽松加上经济的繁荣，北宋休闲娱乐业十分兴盛，能够生长在这种氛围里，多少都有点自由奔放的情怀。所以在赵明诚、李清照的身上，人们很容易发现"平等、自由、尊重"等封建社会不常看到的夫妻关系。这当然一方面得益于李、赵二人的才华和气度，另一方面也与北宋的文化环境有关。假如理学的禁锢已然吃紧，估计想互敬互爱也会招来讥笑。

没有史料记载，李清照是如何爱上赵明诚的，因为她的小词写得青涩、矜持，不似卓文君那般激烈。但少女时期的李清照曾写过一首

《点绛唇》来描绘当年的初恋：

> 蹴罢秋千，起来慵整纤纤手。露浓花瘦，薄汗轻衣透。
> 见客入来，袜刬金钗溜。和羞走。倚门回首，却把青梅嗅。

《点绛唇》

秋千荡后，乍见来客，来不及穿鞋，松散着头发出来，害羞，欲走；又不舍得离去，倚门回首，青梅偷嗅。一场天真、浪漫、纯洁又略带羞涩的初恋就这样生动地跃然纸上。我们无法推测是怎样的相见拨动了李清照的心弦，只约略可见少女的自由，倾心相许似乎暗示了她婚后的幸福。

李清照生活在宋代，就像是 21 世纪的白领小资，安逸、优雅，举手投足间都透露出时代的妩媚与细腻；即便称不上青年人的精神领袖，但至少也是一部分人所乐于效仿的典型。

那种闲情雅致，犹如在漂亮的咖啡馆里品咂人生的况味，透过雪亮的落地玻璃窗，看街上的熙来攘往，也偶尔观照一下自己是否需要随时补妆。这就是"小资"，有大把的时光来慰藉心灵，只要她愿意，任何情趣都可以栽倒在自己的脚旁。富裕的生活加上满腹的才情，自然是小资中的上品，李清照的青年时代就是这样有滋有味地走过来的。

作为一代词人，李清照能够有如此浪漫的生活，既有自身才华横溢、懂得生活情调的原因，也有社会历史提供的契机。

在历史的螺丝松动的那一刻，宋代的繁华与自由滋养了她的秀美与温柔，给了她怦然心动的爱情、琴瑟和谐的婚姻。

然而，历史似乎是一柄双刃剑，它赐予了李清照中国女子所没有的光环，也给了她无尽的磨难，来考验她的倔强、不屈与坚贞。

留在青州的寂寞时光

天青色等烟雨，而我在等你。——始终觉得这句话是描写李清照的。暮色昏黄，多少倦鸟归巢的重逢，多少无语凝咽的别离，都抵不过一场天青色的雨。而李清照正是这烟雨中的红颜，说着景语、情语、香艳语、忧伤语，伫立楼上，凝眸远望。

分别前，他们在乡里屏居十年。公公赵挺之在政治斗争中死去，家里也渐渐衰败。赵明诚的收藏事业不能放弃，也不想放弃。可积蓄不多，又要买金石古玩，他们便决定回故乡青州生活。李清照自然也是全力支持丈夫的。粗茶淡饭，却也相濡以沫。"愿得闺房如学舍，一编横放两人看。"这样的伴侣让多少文人拍案称奇、津津乐道。可是，如此亦师亦友的伴侣，有时常常会觉得他们的友谊多于爱情。美国学者宇文所安甚至能从《〈金石录〉后序》中看出李清照对赵明诚重物轻人的幽怨。

可是，却也有更多人指出，李清照的哀愁并非因为赵明诚重物轻人，而是因为移情别恋。那首《凤凰台上忆吹箫》就是极好的明证：

香冷金猊，被翻红浪，起来慵自梳头。任宝奁尘满，日上帘钩。生怕离怀别苦，多少事、欲说还休。新来瘦，非干病酒，不是悲秋。

休休，这回去也，千万遍《阳关》，也则难留。念武陵人远，烟锁秦楼。惟有楼前流水，应念我、终日凝眸。凝眸处，从今又添，一段新愁。

《凤凰台上忆吹箫》

　　这首词正是写于夫妻二人屏居青州十年后，即1117年。彼时的赵明诚在结束隐居后即将再次踏上仕途；而彼时的李清照却如词中所写，因丈夫不愿带自己同行正满心愁苦。香炉灭了她不管，被子不叠她也不管，太阳升得很高了还不愿意起来，起来后又不愿意梳头。任凭贵重的首饰匣子落满了尘埃。心里却只念着一件事：离愁。

　　欲言又止，欲说还休。

　　"新来瘦，非干病酒，不是悲秋。"这是多么明确的回答。不是因为病、不是因为酒，而是因为思念丈夫。但还是会有误读，甚至有教授说这是李清照喝醉的证据，认为她还曾"浓睡不消残酒""沉醉不知归路"，说明她是个十足的酒鬼。对于这种以所谓"标新立异"来哗众取宠的论调，还真是有些无奈。

　　词的下阕里，李清照说无论如何也留不住丈夫了，从此只有孤单地锁在"秦楼"中。此处，李清照用了一个典故。相传，秦穆公的女儿弄玉和丈夫箫史共居秦楼十年，十分恩爱，后有龙凤来迎他们上天，二人依旧比翼双飞。可反观李清照自己，在青州陪了丈夫十年，等到丈夫终于重踏仕途的时候，自己却不能随行，心里总是会涌起很强的"被遗弃"感。这一切，能够说与谁听呢？大概，只有门前流水，能够见证她的终日凝眸，凝眸远眺，从今以后，又添一段新愁。

　　关于赵明诚为何抛下李清照独自赴职一事，历来众说纷纭。但绕来绕去，似乎始终绕不过一个话题：赵明诚此时已经变心，除了纳妾外，还养成了寻花问柳的习惯，如果带着李清照，恐怕出入都没那么自由。另有一说，因李清照多年膝下无子，赵明诚迫于舆论压力，纳妾也在情理之中。事实上，赵明诚纳妾暂时还找不到确凿的史料依据。而且，我们也不能单就他是否纳妾来断定其人品的高下。毕竟，在那样开放的宋朝，流连在烟花柳巷的文人们都可以毫不避嫌穿梭往来，更别说三妻四妾了，实在是情理之中。

但无论怎么说，赵明诚身上似乎总带着些"以怨报德"的嫌疑。当年，李清照受父亲牵连被遣返乡的时候，赵明诚照旧做着自己的京官；而等赵挺之被蔡京诬陷罢官，赵明诚不得不屏居青州的时候，李清照却不离不弃，以自己的深情和贤惠，始终陪在他的身旁。

遗憾的是，十年的相濡以沫，旷古的才华与性情，仍是挡不住李清照被遗弃的命运。也许，在爱情里，永远也没有"平等"可言。若想伤害少一点，就要爱得比对方浅一些。可李清照那样一个至情至性的女人，如何能要求她不去爱呢？这要求的本身，对她也是残忍的伤害吧。

独守青州时，李清照在孤寂落寞中写下了很多词，其中写得最真挚的当属《蝶恋花》。

暖日晴风初破冻，柳眼梅腮，已觉春心动。酒意诗情谁与共？泪融残粉花钿重。

乍试夹衫金缕缝，山枕斜欹，枕损钗头凤。独抱浓愁无好梦，夜阑犹剪灯花弄。

《蝶恋花》

这首词上阕写的是白天的闺思：暖日晴风，柳眼梅腮，春心涌动。可惜，再好的酒意与诗情也没人分享，总归是寂寞的。词的下阕，写自己就那样斜靠在枕头上，即便损坏了头饰也不太在乎。结句"独抱浓愁无好梦，夜阑犹剪灯花弄"更是写得精妙传神。词学家陈祖美先生赞其"虽不像'人似黄花瘦'和'怎一个愁字了得'等句那样被人传诵，然而，就词意的含蓄传神，以及思妇情思的微妙而言，此句亦颇有意趣"。

最喜欢那句"夜阑犹剪灯花弄"，不知怎的，总觉得很像辛弃疾的

"醉里挑灯看剑"。男人报国无门的时候，只能在夜里挑灯摩挲自己的宝剑，那些驰骋疆场的雄壮激烈地在心头翻滚，却只能在无奈中夜夜感伤。同样的李清照，抱着对丈夫的思念和孤独的浓愁，实在没什么好梦可做，夜深人静，只好翻身起来弄"灯花"。巧的是，灯花在古代正是喜庆的征兆。作为一个三十多岁的独居妇人，这一行动本身似乎更显得意味深长。那长长的喜庆与热闹的灯花下，映着的是怎样的惆怅与无奈啊。

此时的李清照，上无父亲可依，下无子嗣可靠，受冷落是在所难免的。但少年夫妻，老来做伴，总归是个依靠吧。

于是，几年之后，李清照便收拾东西去莱州找丈夫团聚去了。

一样梅花别样情

譬如绘画，少年时的一抹红像跳跃的火焰，能在心里燃起汩汩的热情；而老年时的一抹红，却渗透着夕阳的无奈，残烛的飘摇。生命底色的画布是没有什么不同的，不同的是我们勾描画布时的心情。

雪里已知春信至，寒梅点缀琼枝腻。香脸半开娇旖旎，当庭际，玉人浴出新妆洗。

造化可能偏有意，故教明月玲珑地。共赏金樽沉绿蚁，莫辞醉，此花不与群花比。

《渔家傲·雪里已知春信至》

庭院深深深几许？云窗雾阁常扃。柳梢梅萼渐分明。春归秣陵树，人老建康城。

感月吟风多少事，如今老去无成。谁怜憔悴更凋零。试灯无意思，踏雪没心情。

《临江仙·庭院深深深几许》

很多人都知道李清照南渡前后词风的变化，却鲜有人将这两首词拿来对比。如果将这两首梅花词放在一起，很容易就能读懂李清照的"生命花期"。

在第一首词中，词人将"落雪""寒梅""玉人"三个意象进行了很好的演绎。"玉人浴出新妆洗"恰如"傲雪的冬梅"，洁净中透着清高与孤傲的气质。这首词有两眼"活泉"。一是最后一句"此花不与群花比"，这句话将寒梅傲雪的清冷、卓尔不群的雅致都描绘得活灵活现，栩栩如生。而在这背后，也可以看得出李清照的潇洒、落拓、豪气。在这个女人的心里，她便是她，独一无二，不愿也不屑与别人比，这份坦荡的自信如梅、如雪、如刚出浴的美人，永远带着自己的清新与洁白。二是第一句"雪里已知春信至"中的"春"字，忽略了这个词，前面的清高和孤傲都是不着边际的了。一切的自信都源于这个"春"字。春天来了，总会有冰消雪融的时候，总会有焕发勃勃生机的时候，总会有春满人间的时候。这是李清照的"春之声"，春天之后我们可以去放歌、郊游、踏青、争渡……所有的期待都源于春天。

而在第二首词中，同样是"柳梢梅萼渐分明"的时候，李清照却已无当年的激情。岁月磨砺了她的容颜，更苍老了她的心。当年那个欢腾在北宋的快乐女子如今已变成南宋的无聊妇人。这其中的况味，绝非"三杯两盏淡酒"便能说清楚的。"春归秣陵树，人老建康城。"溜走的春天可以再回到秣陵的树上，唤醒一树一树的梅；而南渡的"我"却只能老死在建康城，憔悴下去并逐渐凋零。

美人迟暮和男人谢顶一样，都是人生中既痛苦又尴尬的事儿。眼见着自己青春不再、容颜衰老，四十六岁的李清照心里翻腾着数不清的无奈和酸楚。"如今老去无成"，似乎隐约透着与唐朝诗人罗隐当年相似的心酸，"我未成名君未嫁，可能俱是不如人"。老并不可怕，可怕的是无成。人常说"无志空活百岁"，李清照不是没有志向，她渴望建功立业、驰骋疆场。她能写下"生当为人杰，死亦为鬼雄"这样的诗句，可见对苟安在江南的南宋朝廷是多么的愤怒。

可是，作为一个已婚中年女人，她没办法披甲上阵亲历战场的雄壮，她能做的只是偶尔发发牢骚，在这绮丽、工整的词牌中写下在现实中无法舒展的悲愤。但也仅此而已，她的性别让她的志向再次尴尬。这是"造化可能偏有意"吗？

一样的梅树，一样的落雪，一样的洁白，却在她的心里留下了不一样的滋味。酸甜苦辣，自与别人不同。无怪陈祖美先生说："《漱玉集》中比重最大的咏梅词，假如把它们依次联章，简直可以构成一部堪与两宋之间的三四代皇室的兴衰史相始终的作者的心灵史。"

回头再看那两簇梅花，一簇是青春时怒放的生命，另一簇是中年时积压的抑郁。同样的梅花，却分明是不一样的情致。

朝来寒雨，晚来凉风

1129 年，即建炎三年，"靖康之难"已经过去很久了，但"靖康之耻"却还烙印在宋人的心里。南宋朝廷自然是极力粉饰江南和平，潜藏的苟安之心已开始微微发作。但在普通人看来，那片破碎的山河实在是一块伤疤，随着朝来的寒雨、晚来的凉风，还不时在心底隐隐作痛。

李清照为躲避战乱，随宋高宗赵构一路南下逃亡。眼见着，朝廷逃跑的速度比自己还要快，颠沛流离自是不用多说，等着再打回来重筑山河，恐怕也是一场痴梦。

这一年，李清照饱蘸笔墨，写下了那首著名的《临江仙·庭院深深深几许》。她在整首词的最后，写下了这样十个字："试灯无意思，踏雪没心情。"横看竖看，这日子都写满了"无聊"。

四十六岁了，在古人眼里，应该也是含饴弄孙的年龄了吧。可那样一个多愁善感又膝下无子的女人，骨子里仍然流淌着脉脉的少女般的情愫。而这情愫向来是不被人所察觉的。在以往宏大的历史叙述和文学概论里，喜欢将她的词左右对切，认为前后两期判然有别，好像南渡之后，李清照已然"大变活人"。

但实际上，李清照不是一块"蛋糕"，可以简单平直地将人生一分为二。作为一个多愁善感的女词人，那些潜藏在词句里的很多情愫，其实都是未来生活的"伏笔"。

还是这一年，四十九岁的赵明诚忽然得病，病得那么猝不及防。从赵明诚患病到辞世，短短两个月的时间，李清照便从婚姻幸福的女人变成幽愤愁苦的寡妇。

赵明诚走了，他留下了生前所挚爱的文物和古籍，留下了尚未完成的《金石录》残稿，也留下了共同生活了二十八年的李清照。他带走了李清照的思念与爱情，却唯独没有带走她。而李清照将他的后事

安排妥当后，却得了一场大病，差一点就随他去。

那一年的梅花依然迎风傲雪，那一年的朝廷依然歌舞升平，而那一年的李清照却就这样失去了赵明诚。孤独人世，她提笔写下这样的句子："白日正中，叹庞翁之机捷；坚城自堕，怜杞妇之悲深。"（《祭赵湖州文》）

如果我们能够读懂个中艰辛，就不难想象李清照日后改嫁的必然。首先，这个国家比她本人更要懦弱，懦弱的另一层含义就是无法依靠。漂泊的经历和飘摇的国家，无法给李清照以安稳的现实感。其次，"不孝有三，无后为大"。在那个礼教几乎可以吃人的时代，有赵明诚在，可以为她遮风挡雨；无赵明诚在，她只能自己承受被世俗"日晒雨淋"的痛苦。

始终觉得李清照是个简单、坦率的人。她的简单就是对爱情的渴望，还有那骨子里依然涌动的少女情愫。相传，她遇到张汝舟后，曾慨叹"一样的襟怀，一样的才学"。后来，我们知道，无论从胸怀还是才华讲，张汝舟和赵明诚都是无法相比的。但李清照在最初，还是"误会"了张汝舟，竟以为他是"可托之人"。

关于李清照的再嫁，向来有两种说法，一说她并没有改嫁，很多文人站出来为其辩护；又一说她的确改嫁，还曾写过类似悔恨自责的文字。说是李清照再嫁后，发现所托非人，于是愤而同张汝舟离婚，将他告了官。张汝舟的官也是"非法倒卖"而来，李清照这一告必然胜诉，而且离婚后还可以获得自由身。但依据法律，离婚之后，她也要承受两年的牢狱之刑。幸亏亲友及时搭救，只被关了九天就放出来了。获得自由之后，李清照不忘马上写信给亲戚："清照敢不省过知惭，扪心识愧。责全责智，已难逃万事之讥；败德败名，何以见中朝之士。"可以想见，当时的李清照心理压力是多么巨大。

按唐朝律法，婚姻不合的女人是可以离婚的。按宋朝的惯例，女人也是可以改嫁的。范仲淹的母亲也曾改嫁，范仲淹后来金榜高中才回去认祖归宗的。但是，以李清照这样的名誉和地位，以四十九岁的高龄再嫁肯定是一片哗然。而一年之中，春天刚嫁秋天就要离婚，定然会掀起更大的波澜。

始终觉得李清照是一个简单到坚强的人。简单的是她只要爱情，坚强的是她只要和自己匹配的爱情。与张汝舟的再婚，在李清照看来，就是她爱情和人生的污点。她拼命擦，反复擦，最后终于擦掉了这个污点，却让自己也脱了一层皮。

如果李清照真的曾经改嫁，为什么那许多明清学人还非要站出来替她辩护，说她并没有改嫁呢？原来，明清时候理学盛行，对"改嫁"的责难要超过宋朝数十倍，那些文人希望通过"改写历史"，还后代一个清白而又完美的李清照。可现在看来，这似乎有些迂腐。毕竟，李清照能够穿越千年岁月，仍然光照中华词坛，依靠的并非贞洁，而是自己的才华。

她便是那美丽的七夕

大约每个人的心里都有一个李清照。或是以"闺情"见长的婉约词宗，或是以"悲凉"立史的爱国词人，抑或也是中国古代才女幸福生活的典范。而所谓典范，其实也无外乎"才、情、趣"这三方面。

就李清照来说，才华和深情都是世所公认。而"趣"这一方面，人们对她的评价似乎总有点含糊不清。比如，那些媚眼生情、雪腻酥香的文字，常常被认定为李清照的存疑词。其中较有争议的就是这首《丑奴儿》：

晚来一阵风兼雨，洗尽炎光。理罢笙簧，却对菱花淡淡妆。

绛绡缕薄冰肌莹，雪腻酥香。笑语檀郎，今夜纱厨枕簟凉。

《丑奴儿》

这是李清照词中颇有争议的一首，《词林万选》《历代诗余》等都将其划为李清照之作，但《全宋词》将其归为康与之所作。故有词学家评论说，"不类易安手笔"。言外之意，此词"肤浅、荒淫"，怎么可能出自李易安之手呢？

这首词题为"夏意"，讲的正是夏天的晚上，寒风冷雨吹走了白天的炎热，酷暑后的风雨让人们在傍晚嗅到了一丝沁人心脾的清凉。此时的女主人公对镜梳妆，深红色的薄绸隐约映衬出白嫩的肌肤。这旖旎的情思，无边的香艳，却只用了四个字来点拨——"雪腻酥香"。这四个字将视觉、触觉和嗅觉的美感同时融合在一起，读来真有口颊生香之感。

下阕的最后一句描绘了女主人公拍着枕席，笑语盈盈地对"爱郎"说，"今夜纱厨枕簟凉"。就是这句炎炎夏日里的清爽邀约，令很多人读出乱人心志的暧昧。

有人就此注释说，李清照本就是个酒色之徒，这词中更是混杂着令人不齿的"勾引"。当然，也有否认者称，李清照的词向来俊美、清秀，断不会出现这等谄媚、俚俗的场景。

如果就字面来解的话，"轻解罗裳，独上兰舟""露浓花瘦，薄汗轻衣透"等语是否也艳光四射，引人遐想呢？实际上，李清照出身名门，才学和修养都是同辈中的佼佼者，骨子里注定是清高孤傲的。而今，这样的词语出现在她的词中，不过是她轻巧恣意的一次练笔，抑或是幸福时光的调味剂；但绝不是轻薄放荡的佐证。

唐代无名氏在《菩萨蛮》中有类似的句子："含笑问檀郎，花强妾貌强？"这是女子凝眸深望时的娇语，含笑低问时的羞涩，到底是"花美还是我美"？这时分、这情致、这心思，不管情郎的对答是默契的赞许还是调皮的否定，在她心里都是一样的。她需要得到的不是平白刻板的标准答案，而是此情此景的那份柔情蜜意。反观李清照，她手拍枕席，告诉情郎静夜安好，也具有相似的韵味。若花之色、香、味俱全才能引人留恋；作为女子，自然也要才、情、趣兼备，方能如一本百读不厌的书，时常带给人新意和惊喜。所以，虽有很多人对这首《丑奴儿》存疑，但余偏爱之。

李清照另有一首《浣溪沙》，写得也是眼波流转，粉面生情。

> 绣面芙蓉一笑开，斜飞宝鸭衬香腮。眼波才动被人猜。
> 一面风情深有韵，半笺娇恨寄幽怀。月移花影约重来。
>
> 《浣溪沙》

以"芙蓉"一词代指美貌的女子，并非李清照所开创。白居易在《长恨歌》中就有"芙蓉如面柳如眉"的诗句，以花喻人，既有满面含春的清香，又逢娇花临水的柔媚，真是一举多得的妙用。"宝鸭"本指香炉，此处用来代指从香炉中袅袅斜飞的青烟，衬托着如花笑靥，粉面香腮。

其中这句"眼波才动被人猜"真是写得顾盼多情。心中升腾起的情愫在眼波流转中被轻轻泄露，细小心思就这样轻易被人察觉。其间的辗转缠绵、心如鹿撞，不觉间便跃然纸上，栩栩如生。所以，清代吴衡照在《莲子居词话·卷二》中说："易安'眼波才动被人猜'，矜持得妙。淑真'娇痴不怕人猜'，放诞得妙。均善於言情。"而半方花笺，更将"约重来"的期待与诉怀表现得淋漓尽致，生动活泼。

有意思的是，这首《浣溪沙》虽是并无争议的易安词，却和上一首《丑奴儿》有着相似的命运。很多李清照的评述、论注中，几乎都很少有人选这首词入辑。于是，它们只能长久地躺在《漱玉词》的角落里，黯然地沉默着。

而每每读到这两首锦心绣口之作，总让人不自觉地想起不相关的晴雯来。那样一个标致的主儿，连讨厌她的王夫人都不得不承认她生得比别人好。可越是生得风流灵巧，越是遭人怨妒：那些聪明灵秀的女子，有时总免不了被人斥为"轻佻"；而那些所谓"沉静娴淑"的女子，虽屡屡得到长辈的赞赏，却因失了灵动与生气，而很少为同辈所喜爱，比如宝钗，比如袭人。

也许，人们面对李清照的时候，也是有着同样想法的：平和中正就意味着沉稳凝练，而娇俏活泼就等同于轻佻肤浅。所以，在描述李清照的时候，人们才会极尽展示其美好、幸福的一面，而忽略她情思荡漾时的欢快绮丽、再嫁他人时曾有过的期待。

今次，择这样两首颇具争议的词人书，只是希望能够透过不同的光线，折射出一个真实的李清照。

北宋末年，李清照曾写下这样的句子："纵浮槎来，浮槎去，不相逢。""甚霎儿晴，霎儿雨，霎儿风。"写下这些的时候，李清照正因党派之争和丈夫赵明诚被迫分离。一面是旧党李格非的女儿，一面又是新党赵挺之的儿媳，那人生真如飘荡的木筏，来来往往，却难以安住。

　　而纵观李清照的一生，宛如飘零之花，无奈地随水波流转，何曾能掌握自己阴晴不定、风雨难测的命运呢？即便死后，她也留下了众多难以坐实的传说，笑骂由人，便更做不得主了。

　　有人问，如果将李清照做四季比，应属哪一季？想了很久，就只想起了这首《行香子·七夕》。

　　草际鸣蛩，惊落梧桐，正人间、天上愁浓。　云阶月地，关锁千重。纵浮槎来，浮槎去，不相逢。

　　星桥鹊驾，经年才见，想离情、别恨难穷。牵牛织女，莫是离中。甚霎儿晴，霎儿雨，霎儿风。

《行香子·七夕》

　　也许，如此气韵悠扬、钟灵毓秀的李清照，并不能霸道地占有某个季节，而是更像一个美丽的"七夕"：满载着温馨浪漫的秋意，也和着情人节里永恒不变的主题。

瘦削的背影与丰满的传奇：张玉娘

张玉娘生于南宋末年官宦世家，自幼饱读诗书、聪慧绝伦。生前著有两卷《兰雪集》，与李清照、朱淑真、吴淑姬并称为宋代四大女词人。

解香囊，赠情郎

张玉娘生于 1250 年，字若琼，自号一贞居士，松阳人。其小时候的经历跟所有传奇故事的情节相似：官宦世家的小姐，喜欢舞弄文墨，尤擅诗词，父母宠爱，捧若掌上明珠。相传，玉娘才学震惊一时，有人赞其堪比汉代班大家（指班昭）。玉娘身边有两个侍女，一个叫紫娥，另一个叫霜娥，也都是才色俱佳的主儿。最有意思的是，她还养了一只鹦鹉，与两个侍女合称"闺房三清"。平日里，打哈凑趣，闲来无事，和很多女子一样，喜欢用文字寂寥悠长的时光。有词为证：

凭楼试看春何处，帘卷空青澹烟雨。竹将翠影画屏纱，风约乱红依绣户。

小莺弄柳翻金缕，紫燕定巢衔舞絮。欲凭新句破新愁，笑问落花花不语。

《玉楼春》

长日无聊。

凭楼远眺，试看春何处？烟雨、翠竹、乱红、绣户，剪不断的春愁，丝丝缕缕荡漾在心间。"小莺弄柳翻金缕，紫燕定巢衔舞絮。"莺莺燕燕这个词本就是用来形容女子的，放在这里，既合了情，也合了理。紫燕也好，小莺也罢，都在柳絮中穿梭忙碌，唯有这闲来无事的女词人，凭楼远眺，慵懒地享受着良辰美景。

这样的景色真是一幅绝美的画卷呢。轻轻舒展开，便可以看到玉娘倚楼凝眸，将新写下的句子读与落花听，落花无语，美人浅笑，满世界的莺飞草长，柳动絮飘。暖暖地盛满了一代才女的情趣，生动活泼，兴味盎然。

这样的浪漫似乎是最常见的古典镜头。那些高楼上的小姐，"囚禁"在香闺里，心里的烦闷翻腾出无数的猜想，勾勒着爱情的模样。这想象里，定然少不了一位公子，衣袂飘飘，文质彬彬，风流倜傥。而在张小姐的脑海中，自然也会浮现出他的样子，青梅竹马，情投意合。他叫沈佺，是玉娘的表哥，很小的时候两人便定了亲。

曾有人问，为何古代人的爱情总有那么多表哥表妹爱来爱去的，陆游如此，纳兰如此，很多文人墨客，甚至朝堂政客皆如此。殊不知，在那个封建又封闭的时代，青年男女能够自由相识的概率实在太低了，更别说是谈天说地了。但亲戚间便有一个好处，顾忌较少，尤其是小时候。两小无猜，心无芥蒂，那是两个生命最初缔结的约定，随日月疯长，伴天地永藏。

能够在最美的年华，结识一个自己喜欢也喜欢自己的人，总归是人生之幸。而玉娘和表哥正是如此幸运之人。

传说是不可靠的，但传说又总是如此迷人。

相传，表哥沈佺和玉娘生于同年同月同日，只是早了玉娘几个时辰而已。话说那沈佺本是宋徽宗时状元沈晦的七世孙，算起来，两家应是门当户对。加上二人自幼一处长大，两小无猜，芳心暗许，两家便索性给他们定了亲，还互赠了信物。

　　想来，在这期间，鸿雁传书，互诉衷肠，那两个才貌俱佳的侍女必是起了不小的作用。而那只鹦鹉，不知道会不会整日饶舌地叫着"沈公子来了"，惹得玉娘又爱又恨，心如猫挠。

　　这期间，玉娘还曾亲手缝制香囊送给表哥，并绣诗一首，名为《紫香囊》：

　　　　珍重天孙剪紫霞，沉香羞认旧繁华。纫兰独抱灵均操，不带春风儿女花。

《紫香囊》

香囊本是随身之物，古人常用以定情或定义。今玉娘将定情信物赠予表哥，其心意自然是明白剔透的。

世界上的爱情有很多种，但最动人的爱无疑都凝结在一个字上，那便是"独"。目之所触，心之所系，所谓"情有独钟"，大抵都是如此。看别的姑娘只是绣个香囊而已，玉娘却能在香囊上绣诗，丝线缕缕，针针细密，恰如她的情丝万千、柔情蜜意。如此的才华与情趣，也难怪沈佺会对玉娘情有独钟。

但关于沈佺的记载似乎并不多，他的感情、故事，甚至后人的评述，大多是穿插在玉娘的世界里。可我们却非常希望知道这是怎样的一个男子，能够惹得玉娘肝肠寸断、向死而生。

一场爱情的"大考"

从后来的所作所为推断，沈佺终是寻常男人所无法企及的。

表哥和表妹的神话破灭于沈家的衰微。据说是因为沈佺家道中落，日趋贫困。而以玉娘父母对她的疼爱，自然是不愿意玉娘嫁给破落户的，悔婚之意也就显而易见了。以今天的眼光来看，门当户对虽然未必是最佳选择，但也不能否认玉娘父母的苦心。一个千金小姐如果真的落到寻常百姓家，生活未必能过得圆满。

能够像词人贺铸妻子那样，放下皇族女子的身份，情愿为夫君"挑灯补衣"，自然是因为爱情，但经年累月的操劳有时候也是一种惯性。千万别说你愿意为他鞠躬尽瘁，改变自己的一切。陷在爱情里的人自然觉得爱情是万能的，但进入真正的婚姻生活或许才会慢慢体会到生活的艰辛。他可以买不起玫瑰花，但绝对不能买不起烧饼，基本的生活还是要有所保障。可是，对自幼吃穿不愁的小姐来说，她怎么会明白甜美爱情与艰难生活间巨大的落差呢。试想，一个既养丫鬟又养鹦鹉的小姐，即便她做好了吃苦受罪的准备，张家父母也定然舍不得送她嫁过去受委屈。

　　无奈，此时的玉娘已然对表哥用情至深，毅然写下这首《双燕离》，显示着自己的反抗，也剖白着对沈佺的情意：

　　　白杨花发春正美，黄鹄帘低垂。燕子双去复双来，将雏成旧垒。

　　　秋风忽夜起，相呼渡江水。风高江浪危，拆散东西飞。

　　　红径紫陌芳情断，朱户琼窗侣梦违。憔悴卫佳人，年年愁独归。

《双燕离》

　　"憔悴卫佳人，年年愁独归。"简简单单几个字，便令这满腹惆怅和悲愤喷薄而出，读来字字惊心。很多词学家考证，玉娘笔行此处便戛然而止，只说张家父母有悔婚之意，于是沈佺因此忧郁而死，并没对故事的始末做详细的注解。

　　看来，能够用以推动猜测、捕风捉影、复活往事的，也只有那些风干在诗词里的墨痕了。

　　玉娘的文字似乎触动了张家父母的无奈。于是，他们又向沈佺提出"欲为佳婿，必待乘龙"的要求。沈佺为了让自己的爱情得到丈母娘的认证，他不得不暂别玉娘，随父进京赶考。

　　对于本无心功名的沈佺，作出这样的抉择无疑是艰难而又痛苦的。沈佺和玉娘同庚，生于1250年，等长大到可以赶考的时候，宋代的历史帷幕已开始徐徐落下。末世将至，王朝将崩，连年战火已经将中原烧得满目疮痍。生逢乱世，再大的野心也只能化成炮灰，在历史的长河中灰飞烟灭。

　　也许，凭着勇气，沈佺可以领她私奔，让爱的背景淹没在各地逃难的人海中。但玉娘那样气度和情怀的女人，会耻于被人指指点点的。至少，她一定是希望自己的爱情被父母所接受并祝福的。

他也可以选择更容易的道路去走，比如放弃这门亲事，忘记这个女人。但他做不到。玉娘是自己的表妹，是沈佺二十几年来唯一爱过的女人，从小便一处论诗词，两颗心牢牢地拴在一起，情比金坚，爱比雪洁。月老牵起的红线，系在两个人的脚上，他们前后脚来到了这个世界上，本就是为了寻找彼此的。玉娘舍不得放弃，沈佺也舍不得。

那么剩下便只有一条路可以走了：为爱赶考，为爱远行。

八百年前的时光与今天便捷的交通不可同日而语。八百年前的这一别，山山水水，渺渺茫茫，除了在心里无数次呼唤、梦里无数次相见外，便再无他途。

有时候，真希望沈佺是个任性的男人，干脆不要去考，或者赖在张家不走，守着玉娘，也守着自己的爱情。可是，沈佺终究还是有志气的，也是有骨气的。他可以不为自己求取功名，但却要誓死捍卫爱情的尊严。他不能屈膝于他人，让玉娘抬不起头来，虽然此时他已贫困至极。

把酒上河梁，送君灞陵道。
去去不复返，古道生秋草。
迢递山河长，缥缈音书杳。
愁结雨冥冥，情深天浩浩。
人云松菊荒，不言桃李好。
澹泊罗衣裳，容颜萎枯槁。
不见镜中人，愁向镜中老。

《古离别》

　　离别的时候，玉娘拿出自己的私房钱资助窘困的沈佺，并含泪写下这首《古离别》送给爱郎。迢迢山河拦不住相思之情，默默青山挡不住相爱的心，松菊桃李都是爱的见证。岁月啊，它是一面光滑的魔镜，我看不到你的脸，只能看到自己日渐衰老的容颜。

　　不能让爱情等太久。

　　揣着玉娘的心意，沈佺就这样踏上了漫长的大考之旅。等待他的是一番锦绣前程，也是一场生离死别。

相思如月月如钩

　　山之高，月出小。月之小，何皎皎！我有所思在远道。一日不见兮，我心悄悄。

《山之高》

　　就是这首《山之高》，让无数人为之拍案惊喜，大赞有上古《诗经》的遗风。

　　每次读这首古诗，在"山""月""小""皎""悄"这些舌尖音中，总能摩擦出汉字的音韵美。仿佛含在唇齿舌间的不是一首诗，而是上古遗留下来的一株野草，和着泥土清冽的新鲜、涩涩的甜美，一同融化在心里，幻化成山月如钩，相思皎皎。

　　相传，这是饱受思念之苦的玉娘写给沈佺的诗。她心比金坚，操比冰雪，情根深种，绝难更改。故而又云：

　　汝心金石坚，我操冰雪洁。拟结百岁盟，忽成一朝别。朝云暮雨心来去，千里相思共明月。

《山之高》

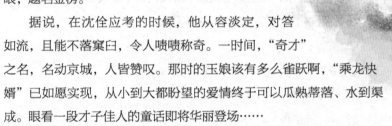

这样的情意，送到沈
佺的手里，也算是对他
莫大的鼓舞吧。沈佺本
就是个清逸俊雅、风
度翩翩的才子，这样
的人去京城应考，如鱼得
水，非常顺利地便通过了各
道关卡，直通殿试，并高中榜
眼，题名金榜。

据说，在沈佺应考的时候，他从容淡定，对答
如流，且能不落窠臼，令人啧啧称奇。一时间，"奇才"
之名，名动京城，人皆赞叹。那时的玉娘该有多么雀跃啊，"乘龙快
婿"已如愿实现，从小到大都盼望的爱情终于可以瓜熟蒂落、水到渠
成。眼看一段才子佳人的童话即将华丽登场……

可惜，命运的反复总叫人觉出世事无常。就在沈佺也以为终于可
以和玉娘团聚的时候，却不幸身染风寒。长久郁积在心头的思念也开
始转化为浓烈的伤痛，伙同"伤寒"一起作祟，不断折磨着沈佺。眼
见着他竟就重症逐沉，病入膏肓了。

这个时候，玉娘的书信飘然而至，她对沈佺说："生不偶于君，死
愿以同穴也。"

隔水度仙妃，清绝雪争飞。
娇花羞素质，秋月见寒辉。
高情春不染，心镜尘难依。
何当饮云液，共跨双鸾归。

沈佺看信后，被玉娘这同生共死的情意深深感动，强撑病体，回给玉娘这首五律。

沈佺也知道自己此生恐怕很难再与玉娘团圆，只能一同跨鸾奔月，去阴间相会了。

1271 年，二十二岁的沈佺不幸病逝，带着业已铺开的锦绣前程和无法铺就的美好姻缘。他心心念念地渴望着能与心上人见最后一面，却最终还是病死在赶回松阳的路上。

留给玉娘的只能是永生难忘的创伤。

日子漫随流水，在玉娘心头悄悄滑过，留下了数不清的划痕。

在《哭沈生》二首中，玉娘这样写道：

> 中路怜长别，无因复见闻。
> 愿将今日意，化作阳台云。

> 仙郎久未归，一归笑春风。
> 中途成永绝，翠袖染啼红。
> 怅恨生死别，梦魂还再逢。
> 宝镜照秋水，明此一寸衷。
> 素情无所着，怨逐双飞鸿。

《哭沈生》二首

仙郎一去，竟成永别。命运怜我，希望沈郎魂魄入梦，百转千回，可以再度重逢。寸寸哀愁令人想起离别时的痛、相思时的愁、怀念时的苦，就这样搅在一起，烧得玉娘心如滚火，情似油烹。

词学大家唐圭璋先生曾在一篇题为《南宋女词人张玉娘》的文章中，对玉娘寄予了深切的同情："我们觉得她短促的身世，比李易安、朱淑真更为悲惨。李易安是悼念伉俪，朱淑真是哀伤所遇，而她则是有情人不能成眷属，含恨千古。"唐先生的一番话入情入理，令人读后顿觉凄凉。朱淑真经历坎坷，只能归结为遇人不淑；李清照虽中道分别，却也曾佳偶天成。唯有张玉娘，在青春正好的年华，遇到了深深相爱的人，却被命运生生地捉弄。

真真是：相爱相逢却相别，怨天怨人更怨命。

沈佺死后，玉娘终日以泪洗面，悲不自胜。父母疼惜女儿，便劝她另择佳婿。玉娘却说："妾所未亡者，为有二亲耳。"意思是告诉父母，本来应该跟随沈佺死去的，但因为双亲尚在，所以自己才留在人间。人虽活着，却早已心如死灰。她决意为沈佺守节，父母就休提再婚的事情吧。父母长叹，只能看玉娘拖着柔弱弱的身体，病恹恹的心情，苦苦忍受着寂寞的煎熬。

五年后，也就是1276年的一天，时逢正月十五元宵佳节，花灯彩带，男女老少都到街上赏灯游玩。玉娘的父母也要她出去散散心，她却不肯，非要留在家里自得清静。父母不忍勉强，只得由她自己安排。

花市灯如昼，人约黄昏后。元宵节乃中国古代情人节。许多诗词都曾以此为题描摹其中的浪漫：烟月如灯中蓦然回首，车水马龙间擦身而过……多少绚烂情事都在这样的夜晚精彩上演。今夜的窗外，不知多少的姑娘正笑靥盈盈、细语低低。但今夜的窗内，却只有清冷的烛影、孤独的玉娘。

热闹是别人的，她什么都没有。于是，蘸着多年的相思，玉娘写下了这首堪称绝唱的《汉宫春·元夕用京仲远韵》：

玉兔光回，看琼流河汉，冷浸楼台。正是歌传花市，云静天街。兰煤沉水，漱金莲、影晕香埃。绝胜似，三千绰约，共将月下归来。

多管是春风有意，把一年好景，先与安排。何人轻驰宝马，烂醉金罍。衣裳雅淡，拥神仙、花外徘徊。独怪我，绣罗帘锁，年年憔悴裙钗。

《汉宫春·元夕用京仲远韵》

在这首词里，玉娘将他人的欢笑与自己的悲苦做了鲜明的对比：春风有意，满满地安排了一年的好事，那些年轻的女人畅饮后，幸福地在花间徘徊，衣裳雅淡、飘逸俊美；而自己，却只能藏在绣罗帘锁后，年年憔悴，憔悴裙钗。青春没有闭幕，但玉娘自己却将欢乐摒在幕外。此时的她，已经是"人未老，心先衰"的哀妇了，满纸呜咽，令人不忍卒读。

忽然，烛影晃动，帘幕轻挑，闪过一个人影。玉娘定睛一看，正是自己日思夜念的情郎沈佺。

窃取长生药，人月两婵娟

据明代王诏的《张玉娘传》记载，沈佺见到玉娘后，嘱咐玉娘说："若琼宜自重。幸不寒凤盟，固所愿也。"意思是："玉娘你很自重，我很感谢你没有背叛我们的誓言，这正是我的愿望啊！"玉娘于是指着烛影发誓：如玉娘违背誓言，愿如烛光般熄灭。话音刚落，沈佺突然就不见了。玉娘大悲，很久才慢慢苏醒过来，连连追问："郎舍我乎？"

不管此传写得如何生动逼真，人们总是知道的，这是玉娘的幻觉。但玉娘却浑然不觉，竟自生起病来，不久即亡。也有一种说法，玉娘并非生病，而是自己绝食而死。不管是哪种传说，总归是玉娘的选择。那一年，她年仅二十七岁，正是一个女人的"黄金时代"。

玉娘走后，父母知道她是因为沈佺而死，于是便与沈家商议，将二人合葬在城旁的枫林，以成全二人"死后同穴"的愿望。她的两个侍女哀伤痛哭，霜娥竟忧伤而死。另一个侍女紫娥也不肯独活，上吊自尽以殉主仆之情。更令人惊叹的是，紫娥死后的第二天早上，玉娘养的那只鹦鹉竟然也悲鸣而死。

"闺房三清"相继离去后，张家将她们陪葬在玉娘和沈佺的墓旁，让她们依然日夜相伴，延续这浓深的主仆之情。从此，这里便成为历史古城松阳最著名的"鹦鹉冢"。

彼时的大宋，人们正在硝烟弥漫的战火中逃命，在南宋末日的倒计时中求生，活着尚且不易，哪有过多心思去回味那凄惨绝美的故事呢。

尘埃漫过。

在其后的三百年的时光中，张玉娘生前所著的两卷《兰雪集》就这样始终默默无闻着。

直到三百年后，明代王诏开始为张玉娘立传，她的事迹才开始渐渐为人所知。及至清代顺治年间，方有剧作家孟称舜为其创作《张玉娘闺房三清鹦鹉墓贞文记》，并发动乡绅为其修整墓祠，刊印《兰雪集》。至此，历史方才缓缓揭开披在这颗珍珠上的面纱。

张玉娘的爱情被后人喻为"松阳的梁祝"，很多人对其悲情

的命运扼腕叹息。但更多人却是怀着对玉娘的敬意。这似乎有点奇怪，这样一个女子，缘何得到了令人无法释怀的尊敬呢？仔细看来，这赞赏大概含着两种意味：一是她的痴情守节，即所谓贞洁烈女；二是她的英雄气概，即所谓爱国情操。但这两种流行的观点，其实都经不起推敲。

首先是一个"节"字。自南宋起，中国理学开始渐趋繁盛，对女人思想和精神的禁锢也日趋加紧。很多惨烈的"殉葬"甚至"生殉"，都是打着"守节"的幌子，逼女人去死，或者让她们生不如死。而那些"道学者"对玉娘守节的赞颂，很大程度上也是在鼓吹和宣扬所谓的"贞操"。说穿了，都是对女人的一种精神压迫。这种节烈观，在今天看来，是应予以否定和批判的。换句话说，任何打着"节烈"旗号对女子的赞颂都是需要警惕的。

玉娘那样一个才貌双全的女子，原该获得更多的幸福才对。她的经历应该得到更多人的同情，而不是赞扬。

至于爱国情操，细说起来，她的确是沾了那么一点英雄气。比如那首广为称颂的律诗《从军行》：

> 二十遴骁勇，从军事北荒。流星飞玉弹，宝剑落秋霜。
> 书角吹杨柳，金山险马当。长驱空朔漠，驰捷报明王。
>
> 《从军行》

这首诗中涌动着金戈铁马、宝剑流星，回荡着朔漠的捷报、冲锋的号鸣。在宋朝江山微倒、大厦将倾的时候，在男人们似乎都已经无话可说、无言以对的时候，玉娘心怀天下，胸藏家国，她的诗无疑是一柄利剑，刺痛了行将就木的南宋。

但是，这只能看成玉娘一时间的慷慨悲歌；即便她写作过很多类似的作品，也并不能就此断定其血管里涌动着杀敌报国的热情。覆巢之下无完卵，她的激愤是可以理解的，但也仅此而已，绝没有什么誓与国家共存亡的精神。我们若非要将其定义为"爱国女词人"的话，倒是显得有点儿自作多情了。须知，她终究只是一个弱女子，死于一场爱情，并非一个国家的衰落。

而纵观张玉娘的词，那些写得最情真意切的并非她摇旗呐喊的爱国者歌，而是那些寂寞枕寒流的日子、青春却憔悴的心情。那才是一个女人真实的全部。

在玉娘的词中，最喜欢那首《水调歌头·次东坡韵》：

素女炼云液，万籁静秋天。琼楼无限佳景，都道胜前年。桂殿风香暗度，罗袜银床立尽，冷浸一钩寒。雪浪翻银屋，身在玉壶间。

玉关愁，金屋怨，不成眠。粉郎一去，几见明月缺还圆。安得云鬟香臂，飞入瑶台银阙，兔鹤共清全。窃取长生药，人月满婵娟。

《水调歌头·次东坡韵》

"窃取长生药，人月满婵娟。"这是多么美好的理想啊，恐怕每一个女孩子的心里都曾藏着这样的憧憬吧。

当年埋葬玉娘和沈佺的"鹦鹉冢"，随着岁月的洗礼，已经显出略有破败的痕迹。但沈家的后人却代代相传，精心守护。因为守着的不仅是一处遗迹，也是一段关于沈家最美的童话。

张玉娘虽然没有嫁入沈家，但在沈家后人的眼中，却俨然是他们沈家的媳妇了。这样的结局，也算是对玉娘最好的交代吧。

坟前清酒，杨柳依依：戴复古妻

在历史上，她没有属于自己的名字，她的词作与人生都像一张透明的纸，上面满满地写着"戴复古"三个字。自古，贤惠与节烈便是对女人最高的要求。然而，能兼具柔性的"贤"与刚性的"烈"者，却为世所罕有。戴复古妻便是这样的人。

低低哀语悼亡妻

在读戴复古的《木兰花慢》前，并不了解他的故事。即便后来知晓了这段故事背后的悲戚，也没有因此痛恨这个人，反倒是多了一丝同情。能够用心活过、真心爱过、痛心错过、诚心悔过……也算是对人生最好的报答吧。

莺啼啼不尽，任燕语、语难通。这一点闲愁，十年不断，恼乱春风。重来故人不见，但依然、杨柳小楼东。记得同题粉壁，而今壁破无踪。

兰皋新涨绿溶溶。流恨落花红。念着破春衫，当时送别，灯下裁缝。相思谩然自苦，算云烟、过眼总成空。落日楚天无际，凭栏目送飞鸿。

《木兰花慢》

莺啼啼不尽，燕语语难通。在这个莺莺燕燕的春天，诉不尽的是词人满腔的愁绪。十年来，这一点闲愁，每每伴着春风扬起，扰乱自己的心绪。是什么样的情绪竟然困扰了词人长达十年之久呢？十年，可以让呱呱坠地的婴儿长成茁壮的少年，可以让新绿的小树变得枝繁叶茂、绿冠如茵。十年里，他遇过许多人，走过许多路，发生过许多的故事，但他今天却依然被这点小愁绪扰乱了。这愁绪是什么呢？——重来故人不见！此时此地，小楼东畔，杨柳依依。当年题诗的粉壁，如今已成残垣断壁。诗无所影，人无所踪；往事历历在目，却又恍如隔世重逢。

春水新涨，绿波微漾，流尽的是落红无数，流不尽的是词人心中的思念与愁绪。红与绿本是强烈的对比色，但古人却能将此两种色调捏在一起，揉出佳句来。"绿肥红瘦""红了樱桃，绿了芭蕉"，同眼前的这句"绿溶溶。流恨落花红"，真是将撞色之美发挥到了极致。

写到此处，词人笔锋一转，忽然记起当年临别时，妻子曾灯下补衣，将自己细细密密的心事一针一线地缝在丈夫的衣服里。谁知一别，竟成永恒。如今，衣衫虽已穿破，记忆却日久弥新。相思是漫长且徒劳的苦，云烟过眼，往事如烟。落日里，凭栏无语，目送归鸿，苍茫天地间，自己的孤单和寂寞只能更深地涌向心头。

这首词是戴复古为悼念亡妻所作。故地重游，他那解不开的浓愁就这样此起彼伏地袭来，让人欲罢不能。

颇值得玩味的是，在中国的词史上，最著名的几首悼亡词几乎都是悼念亡妻的，如苏轼的《江城子·乙卯正月二十日夜记梦》、贺铸的

《鹧鸪天·半死桐》、纳兰性德的《浣溪沙·谁念西风独自凉》。他们对亡妻的深沉眷恋和哀悼，穿越了上千年的时光，在今天依然保有永恒的墨香。

又不禁暗想，到底是怎样的女子能够让戴复古十年后仍然念念不忘呢？

"戴石屏先生（复古）未遇时，流寓江右武宁，有富家翁爱其才，以女妻之。居二三年，忽欲作归计。妻问其故，告以曾娶。"这是元代陶宗仪在《南村辍耕录》中记载的故事。说当年戴复古寄居在江西武宁的时候，有一个当地的富翁因为赏识他的才华，便将自己的女儿许配给他做妻子。戴复古在这里住了两三年后，忽然打算离开这里回去。妻子不明所以，问是什么缘故，他这才告诉妻子，自己在家乡已有妻室。

这样的故事放在今天，绝对是一出荒诞的现代剧。曾经山盟海誓、同床共枕了几年的丈夫，却自曝"已婚"。而堂堂一个富家千金，竟然要独自为丈夫的"重婚"埋单。

这个惊天霹雳一定震惊了很多人，包括这位女子的父亲。因为爱惜良才，父亲将爱女下嫁给戴复古做妻子，最后却发现换来的只是"欺辱"。不管是哪个父亲，恐怕都会因此勃然大怒。那富翁有钱有势又有理，必然要押戴复古问罪。

而此时，那所谓的"戴复古妻"却并没有为难丈夫。她不但没有为难丈夫，也没有为难父亲，她从中调和，费尽唇舌，终于说动父亲，还丈夫以自由。

把杯清酒，浇奴坟土

据《辍耕录·卷四·贤烈》记载，事发之后，"妻白之父，父怒。妻宛曲解释，尽以奁具赠夫，仍钱以词《祝英台近》。夫既别，遂赴水死，可谓贤烈也已"。

这样一个令人瞠目的故事竟是这种令人震惊的结局。

"戴复古妻"将事情的本末告诉父亲后，父亲大怒。但她却"宛曲解释"。这四个字，如今读来，依然令人心疼不已。这是怎样一个委屈自己的女人啊！

对于父亲当年的主婚，丈夫多年的欺骗，她不但没有丝毫的埋怨，甚至还要设法斡旋，以保丈夫周全。临到最后，将要分别的时候，不但赠奁具给丈夫，还写下了情深义重的诀别词《祝英台近》。等到丈夫走后，她便投水而死。世人皆叹其"贤烈"。

女人被赞为贤惠者多，被赞为刚烈者亦多。然则，能兼具柔性的"贤"与刚性的"烈"者，却为世所罕有。

现在，不妨来聆听一下"戴复古妻"与丈夫作别时留下的那首词。这是她留给世界唯一的，也是最后的回声了。

惜多才，怜薄命，无计可留汝。揉碎花笺，忍写断肠句。道旁杨柳依依，千丝万缕，抵不住、一分愁绪。

如何诉，便教缘尽今生，此身已轻许。捉月盟言，不是梦中语。后回君若重来，不相忘处，把杯酒、浇奴坟土。

《祝英台近》

这首词名为"祝英台近"，想想化蝶的悲凉和凄美，仿佛就能预见到"戴复古妻"的命运。她选了这样一个词牌，也许就是故意藏着某些期待和谶语。

上阕起笔，她写下了这样的心情："爱惜丈夫的多才，可怜自己的薄命，事到如今，已经没有什么办法留住你了。"单是这三句话就已定了全词的基调。

爱情是如此神奇，爱她的时候，她是一切；不爱她的时候，她什么也不是。很多由爱生恨的感情其实都是因了"多余"两个字。当戴复古已决计回家，那么再多的挽留也是没有用的。即便父亲治罪，强留他在身边，他的心也不会和自己在一起了。此时的她，在他看来，已是多余。与其如此，不如潇洒放手，做他窗前的白月光，给彼此留个念想。

在起笔的这三句里，包含了留恋、忍耐与委屈，当然也有对他人的成全。世间的痴男怨女真该好好默念这三句词，并时时温习一下：要宽容他人，也要放过自己。这里需要说明的是，"多才"一词是宋代情人间的昵称，放在这里，有一语双关的含义。

面对一颗无法挽留的心，"戴复古妻"所能做的，只是展开花笺，忍痛写下"断肠语"。但深入阅读，你会发现，其实揉碎的并非那绵软细腻的花笺，而是女词人一颗浸满泪水的心，这背后藏着的是写作此词时心里的不忍与不舍。

千丝万缕的杨柳，此时都抵不上心里的一怀愁绪。此处若与戴复古十年后小楼东畔的杨柳依依对照来看，物是人非的无奈与伤慨令人不禁悲从中来。

词的下阕说，今生缘尽，无奈妾心已许。当年月下甜蜜时许过的诺言，都是曾经美好的回忆，而不是我们的梦中呓语。今当别离，如果他年你重游故地，若还没有忘记我，请浇一杯清酒在我的坟上；九泉之下，我便含泪瞑目矣。写到此处，"戴复古妻"的心意终于明白可见了。

原来，她早就决计在丈夫走了之后殉情，此时的她，求死之心已斩钉截铁。不知道当年的戴复古收到这样哀而不怨的词时，心中做何感想。这样的女子，这样的情意，他竟真的忍心离去。

然而，到底是我们小看了这女子。她不但有着惊世的才华，也有着极刚烈的心。她竟自选择了"赴水而死"这样决绝的举动。她不愿做窗前朦胧的白月光，而是宁愿将自己的生命化为一颗赤红的朱砂，钉在戴复古的生命里，钉在她生命之树最后一圈的年轮上。

很多资料显示，戴复古差不多活了八十岁有余。那么，在他后半生的时光里，除了用功学诗写诗、空怀报国志向外，是否会在某个时候忽然想起那个为自己而死的女人呢？有人说不会，因为除了《木兰花慢》外，几乎没有发现任何怀念的痕迹。

但"当时送别，灯下裁缝"一句应该也是戴复古的切肤之痛吧。一针一线，她细细地将全部的生命都编织进那件春衫里，层层叠叠、绵绵密密。每逢春来，便随着春风杨柳，在他心底荡起如丝如缕的情意。

戴复古"停妻再娶"显然犯了大忌，但后世对他横加指责的人却并不多。有那样一个善良、宽容的妻子，她既然已经为坟头的杯酒而释怀，我们又何苦再去责难她深爱的男人。

遗憾的是，这个苦命的女子，在文学史上查不到任何踪迹，没有她的生卒年，也没有她详细的履历，甚至连名字都无法核查，于是人们只能为她送上这样的名字——戴复古妻。

对这样的称呼，她应该也是颇感欣慰的吧。

前生名妓后生尼：琴操

　　琴操，相传出身官宦，少时不幸被抄家，后父母相继亡故，无以为生，沦入青楼卖笑。好在小时候读过几首诗文，加上宋代文人常常来烟花柳巷厮混，琴操在这种半雅半俗的"文化氛围"里泡久了，也便生出了一点诗意。偶有文客来，吟风弄月，也可以填词作曲，人气渐旺，名声渐响，提到琴操之名，西湖一带，无人不晓。

　　一天，某官吏游西湖，一时高兴，吟唱起秦少游的《满庭芳》："山抹微云，天连衰草，画角声断斜阳……"琴操听了这位官人的唱词，心说"您唱错了吧，应该是'画角声断谯门'才对"。可又不好意思直接说他没文化，于是委婉地说道："错得好，虽然词句唱错了，但是词的意境反而提升了。"

　　大人听了高兴地抱拳道："久闻姑娘才华不让须眉，既然错了，姑娘能否用这个韵，填一首新词呢？"琴操暗想，全用阳韵，动作改动不大，但难度系数较高。但是做人就要有挑战，不走寻常路，才能看出新奇。琴操略一沉吟，随即改为：

　　山抹微云，天连衰草，画角声断斜阳。暂停征辔，聊共饮离觞。多少蓬莱旧侣，频回首，烟霭茫茫。孤村里，寒鸦万点，流水绕低墙。

魂伤。当此际，轻分罗带，暗解香囊。谩赢得青楼，薄
倖名狂。此去何时见也，襟袖上，空有余香。伤心处，长城望
断，灯火已昏黄。

《满庭芳》

吟罢，搁笔一笑，嫣然妩媚，围观人等纷纷凑上来观词，疾呼
"妙极"。于是，琴操改韵的事儿也就由此流传开了。

这是一个有钱也有闲的时代，皇上、大臣、文人、百姓，从庙堂
到市井，包括靠娱乐业起家的妓女都能吟诗唱词，可见当时文化普及
程度之高。像琴操这样才艺双绝的，更是深得文人的喜爱。于是，这
事儿传着传着，就被风流才子苏轼听见了。

"山外青山楼外楼，西湖歌舞几时休。"琴操粉面似雪，秀发如墨，
实在是明艳动人；而苏轼又是一代才子，风流倜傥，天性浪漫。两人
一见倾心，引为知己。

一次参禅时，苏轼问琴操："何谓湖中景？"琴操答道："落霞与
孤鹜齐飞，秋水共长天一色。"问："何谓景中人？"应道："裙拖六幅
湘江水，鬓耸巫山一段云。""何谓人中意？""随他杨学士，憋杀鲍参
军。"又问："如此究竟如何？"琴操默然，酸甜苦辣涌上心头，语顿
无以应。苏轼索性说道："门前冷落车马稀，老大嫁作商人妇。"

琴操是何等聪明的女子，登时顿悟，涕泪长流。

沉吟半晌后，决定削发为尼，了却情缘。遂起身为苏轼唱道：

谢学士，醒黄粱，门前冷落稀车马，世事升沉梦一场，说
什么莺歌凤舞，说什么翠羽明珰，到后来两鬓尽苍苍，只剩得
风流孽债，空使我两泪汪汪，我也不愿苦从良，我也不愿乐从
良，从今念佛往西方。

　　既然尘埃落定，机缘成熟，苏轼也就领着琴操去出家了。琴操入佛门后，用谐音取法名"勤超"。至此，一代名妓，从青楼出走，在尘外谢幕。

　　关于琴操身后的故事，传闻颇多，有的说苏轼送她去出家之后，又后悔了。几次登山拜访，劝她回杭州，琴操不从。于是苏轼借酒消愁，醉卧玲珑山，遗憾万千。

　　也有人说，琴操隐入佛门之后，闭门谢客，精研佛法，加上在风月场上看透了人间悲凉，很快就悟道了。

　　还有一说，琴操入山修行没几年就驾鹤仙去。辞世时，恰是"乌台事件"爆发，苏轼被贬黄州之际。苏轼听闻琴操死讯，老泪纵横，深情地说："是我害了你。"

　　无论如何，没有文字记载的故事都难以当真，但这些却正好丰富了后人的生活和想象。

　　琴操死时，年仅二十四岁，她当年修改的《满庭芳》至今读来仍可见其深厚笔法。对语言的驾驭、语境的揣摩、音韵的锤炼，没有长时间的研习恐怕很难一时之间成就如此佳篇。

　　宋代妓女，如琴操者甚多，虽然才华有高下之分，但多半会舞文弄墨。一方面，这可以博得同时代官商、才人们的青睐，为自己招揽生意；另一方面，也可以为浮躁的心灵找到精神的寄托。

　　同是杭州妓女的周韵，曾要求脱离妓女的户籍，当庭写下诗句："陇上巢空岁月惊，忍看回首自梳翎，开笼若放雪衣女，长念观音般若经。"诗毕，满堂华彩，"落籍"成功。然而，能有这样命运的妓女，毕竟为数不多。而很多妓女虽同样风华绝代，却因机缘错过，不得不留在青楼，供人赏玩。偶尔被真情郎赎身，走出青楼的命运也是阴晴不定。碰到李甲那样的人，杜十娘也不愿饮恨偷生。所以，琴操的"归宿"算起来也是妓女们不错的选择了。

相传，琴操在玲珑山修行时，苏轼、佛印等偶尔过来对诗，谈禅悟道。可这期间，只留下琴操一首《卜算子》：

> 欲整别离情，怯对尊中酒。野梵幽幽石上飘，寒落楼头柳。
> 不系黄金绶，粉黛愁成垢。春风三月有时阑，遮不尽，梨花丑。
>
> 《卜算子》

这似乎是琴操留给后世的绝响。然而，对于她的想象似乎还没有结束。

民国年间，潘光旦、林语堂、郁达夫同游玲珑山，三个才子文人翻遍《临安县志》，都找不到琴操的故事，绝代佳人居然被历史的风尘淹没得没半点蛛丝马迹，三人大怒。郁达夫在玲珑山的"琴操墓"前写下四行诗，以示抗议："山既玲珑水亦清，东坡曾此访云英。如何八卷临安志，不记琴操一段情。"

前生名妓后生尼，无论琴操是什么身份，不可否认的是她才女的本色与性情。她一波三折的传奇人生，浸透着刻骨的心酸和悲凉，也见证了青楼的发达，达官贵族的潇洒与轻松。编写临安志的这些人，实在不解风情，更不知道鲜活的历史需要时代来塑封。

好在，琴操的故事毕竟流传下来了，在民间的传说里，在文人的墨迹中。

千年来，随风飘香。

风尘难没，侠女本色：严蕊

故事是这样开始的：1182 年，朱熹作为巡查官（相当于今天的"纪检委"），到浙东地区视察民情，结果收到许多当地群众揭发知府唐仲友的举报信。朱熹接到这些信之后，立刻着手开始了调查和取证。没几天的工夫，唐仲友的一箩筐糗事就都被查出来了。其中包括贪污受贿、欺行霸市、贪赃枉法、为非作歹、盘剥百姓……罗列了不少罪证，都是各朝代贪官们的通病。

但是其中有一条罪状十分醒目：嫖娼宿妓。朱熹号称"道学家"，别管后世评价他是真道学还是假道学，这一次唐仲友是撞到枪口上了。唐仲友的绯闻女友严蕊就被拉到了历史的前台。

严蕊，字幼芳，是南宋时期江南一代名妓。宋人周密在《癸辛杂识》中称她"善琴弈、歌舞、丝竹、书画，色艺冠一时。间作诗词，有新语。颇通古今"。因才名远播，很多爱慕者不远千里，登门求见。不用说，又是一位跌落风尘的才女。

朱熹拉严蕊过堂，问严蕊是否和唐仲友有奸情。有人就纳闷儿了，这妓女本来就是和大家有染的，怎么就严蕊这么倒霉被抓了呢？原因是这样的。宋朝青楼事业比较发达，姑娘们分工很细，如歌伎、舞伎、官伎、家伎、私伎等。而官妓可以"歌舞佐酒"，但不可以"私侍枕席"。朱熹要定严蕊的正是这个罪——身为官伎却做了不

合身份的事。

严蕊说："唐大人和我清清白白，什么瓜葛也没有。"朱熹大怒，重责。严蕊依然紧咬牙关，坚贞不屈："我虽然落入风尘，没什么清白可言，但绝对不能反去诬陷别人的清白。"于是，"再痛杖之，仍系于狱。两月间，一再受杖，委顿几死"。两个月来，一再抗拒强权，以羸弱的身体撑起了不屈的意志，结果虽然严蕊人在狱中，在外面的名气却越来越响亮。

朱熹先生聪明一世糊涂一时。在几百年前，屈打成招常有发生，杨乃武与小白菜就是一例。但问题是，你下手之前，应该先调查清楚，这到底是一个软柿子还是一块硬石头。毫无疑问，严蕊就是后者。

事情僵持了两个多月，毫无结果不说，还惊动了圣上。

皇帝着急了：朱熹，我派你去体察民情，你去了什么功绩没有，跟一个妓女较劲，闹得尽人皆知，鸡犬不得安宁，满城风雨，沸沸扬扬，弄得朕也很难下台，这不是明显"秀才争闲气"吗？办不明白就赶紧回来吧。于是，宋孝宗责令岳飞的后代岳霖前去办案。

岳霖一看严蕊都被打成这样了，不能再打了，再打容易出人命。两个当官的水火不容，结果一个妓女惨死当中，这实在有点儿说不过去。虽然这事儿有点噱头，但是我们岳家根红苗正，绝对不能让这种娱乐新闻辱没门楣。于是，岳霖温言软语地说："姑娘，别怕。你不是说冤枉吗？你写首词，申诉一下冤情吧。"

严蕊一看，这个官爷长得慈眉善目，或许能有平反的机会，想起多日的苦楚，身世的悲凉，心下一阵委屈。不禁热泪盈眶，略加思索后填词上诉。

不是爱风尘，似被前缘误。花落花开自有时，总赖东君主。

去也终须去，住也如何住！若得山花插满头，莫问奴归处。

《卜算子》

这首词是严蕊的代表作《卜算子》。上阕写沦入风尘、俯仰随人的苦楚。"似被前缘误"中的"似"字，既有对于宿命的叹息，也有迷茫、怀疑并期待脱离苦海的心理。"花落花开""赖东君"两句，暗含了对自己身世飘零的感怀，也含蓄地表达了对岳霖解救自己的期待。下阕的去与留，承接了上阕的花开花落，也设想了未来的生活：能够"山花插满头"，做一个普通的农妇，就是自己最好的归宿了。

全词意境清幽，既陈述了委屈，又婉转地考虑到了官衙内特定的时间、地点和人物关系，用词委婉含蓄却不卑不亢，虽身为下贱官伎却并不作践自己，铮铮铁骨朗朗可见。

岳霖听罢，非常震动，当庭释放严蕊，并削去她的妓女籍。

严蕊从良后，嫁予他人，得善终。

后世称颂其"心直志正"的品质为"真道学"。

严蕊虽不会武功，但能够临危受难，有"粉身碎骨浑不怕，要留清白在人间"的气魄，也算是古今中外妓女界的异数了。可见，"侠之大者"有精忠报国的英雄，也有刚正不阿的女子；有红拂那种飞檐走壁的侠女，有秦淮八艳那样对爱情忠贞、对国家忠义的奇女，也有严蕊这种"义"字当头，直白清正之女流。

回到最初的严蕊事件中，或许是当年记录的疏忽，或者是后人故意隐去了他的举动，我们只能知道，在严蕊遭到严刑逼供期间，未见唐仲友的丝毫营救。这不免令人想到当年严蕊为唐仲友舞之、蹈之、歌之、词之的情景：

道是梨花不是，道是杏花不是。白白与红红，别是东风情味。曾记，曾记。人在武陵微醉。

《如梦令》

严蕊以桃花自喻，既表达了自己高洁的内心志趣，也暗含了陶渊明"武陵人桃花源"的理想。孙麟趾在《词迳》中曾说："人之品格高者，出笔必清。"严蕊的这首小词，清香扑面，雅静自然，着笔空灵飘逸，回味无穷，属于咏物词中的上品。可是，我们不免感叹，这样的严蕊也换不来唐仲友的雪中送炭，困中解围。可见，一日为娼，便难得尊重。

好在严蕊最后终于脱离苦海，据说嫁得还不错，老公纳了她以后，再没续妾，二人感情很好，也算修成正果。

除老死青楼之外，风尘女子的尘外归宿大抵有两种：一是随书生意气；二是伴侠客江湖。北宋的琴操皈依佛门，南宋的严蕊嫁入豪门，都算是得了善终。

烟花深处有香软的怀抱：李师师

为博褒姒一笑，周幽王烽火戏诸侯，亡国。

为哄妲己开心，商纣王不惜残害百姓，亡国。

唐玄宗宠爱杨贵妃，于是连杨的哥哥和干儿子也一并宠爱，险些丧国，大唐由盛而衰。

……

在历史的洪钟里，嗡嗡而响的都是家国统一的争鸣。在历史的视线里，所有失败的国君背后都有一个或多个失败的女人。

而这个红颜，必定祸水、辱家、败国。

到了宋代，历史的粉板上又多了一个皇帝的名字，这就是宋徽宗。而宋徽宗的背后，也有一个奇女子，但大家只以为奇，并不以为"祸"。

她宁肯待在青楼里，也不愿做皇宫里的皇妃，她以自己的才华、品貌和能力，成为中国青楼史上的异数，这个人就是北宋名妓李师师。

关于李师师出道前的传闻颇多，归结起来，一是父死后无钱，被青楼收养、调教，培育成当红头牌，风头一时无两，各界名流争相观摩。

二是从小便不啼哭，只是有天迈入佛门，被庵里的尼姑摸了下头，才开始放声大哭；因其慧根深重，故取名师师。

在中国，出名的妓女有很多，单单秦淮八艳就足以让人垂涎三尺。柳如是、顾媚等都是绝色美人，不仅结识了达官显贵，而且都嫁给了风流才子，为明清历史写下了一曲曲勾魂的赞歌。但她们毕竟都脱不了女人的宿命，终究还是找了依靠，为弱女子的艰难时世寻到了一方可以躲避的天空。

而李师师却全然不同。

没有人能猜测李师师到底是否曾经想过有一个稳定的归宿，依靠一个男人，依靠一个家族。没有人知道她究竟有没有进宫陪伴宋徽宗，虽然人们会说她后来被封为"李明妃"，但是，恐怕在李师师的眼中，尘世的一切俗名，都是不打紧的。她最喜欢的还是舒服地活在自得意满的青楼里。

话说那天宋徽宗被高俅带到李师师处等候，真是心如鹿撞，急得不得了。可惜，李师师并不知道来的是谁。结果不但懒得出来，还顺便洗了一个澡。依李师师当年的绝色倾城，每每出场，按照惯例，迟到一两个钟头，也不是稀奇事。

她洗了澡，神清气爽，估计心情也大好，所以千呼万唤之后，还是出来见客了。云鬟半偏、素颜出镜，走到帘子底下，还低低地问旁边的人："客人走了吗？"相传，只这一声，甜如蜜水，立刻就把宋徽宗的心给融化了。

后宫佳丽三千，个个庸脂俗粉，百媚千娇全都是为了讨好皇帝，亦步亦趋，哪一个敢让皇帝久等？

　　只有李师师，因为根本不知道来客便是执掌天下大权的皇帝，便有了自己的一份自在和从容。李师师一看高俅陪在新客身边，点头哈腰，便知来头不小。而宋徽宗本人也生得风流倜傥、儒雅俊秀，李师师心里自是喜欢得紧。

　　这边徽宗见李师师清丽秀雅，才色双绝，虽身在青楼，却不染红尘俗气，芙蓉如面柳如眉，美人出浴如莲清幽，肌肤吹弹可破、玲珑剔透……

　　金风玉露一相逢，便胜却人间无数。只惹得宋徽宗如痴如醉、如梦亦如幻。直到第二天早朝时分，方才慌忙起身，并解腰带赠给佳人。

　　李师师也是冰雪聪明之人，回想连高俅都那般恭敬，难道真的是天子？

　　下得床来，仔细看昨夜客人赠送的词句，真的是宋徽宗著名的"瘦金体"。

　　想不到皇帝也会逛青楼！

　　然而，更让李师师想不到的是皇帝不但来了，还成了这里的熟客。甚至还有传闻说皇帝从宫门外开凿了一条暗道，直接通到青楼，通到李师师的闺房。

　　秦始皇修筑长城为了抵御外敌，宋徽宗修建地道为了约会妓女。身为一国之君，能够为了嫖妓不惜一切手段，可见，这个王朝的腐败和没落已经为时不远。

　　自此，许多人都只能望"师"兴叹。

　　相传周邦彦就是因为撞见宋徽宗约会李师师，所以写了一首酸溜溜的《少年游》，而惨遭贬官。

　　但宋徽宗实在看错了李师师，这个女子虽然生得柔媚无骨，却一肚子不合时宜。

　　明知道周邦彦遭到皇帝贬官，一般朋友都不敢去相送，李师师却偏偏扔下宋徽宗在她的闺阁久等，跑去送周邦彦。回来还唱周邦彦的曲子《兰陵王·柳》给宋徽宗听：

　　柳阴直，烟里丝丝弄碧。隋堤上、曾见几番，拂水飘绵送行色。登临望故国，谁识京华倦客？长亭路，年去岁来，应折柔条过千尺。

　　闲寻旧踪迹，又酒趁哀弦，灯照离席。梨花榆火催寒食。愁一箭风快，半篙波暖，回头迢递便数驿，望人在天北。

　　凄恻，恨堆积！渐别浦萦回，津堠岑寂。斜阳冉冉春无极。念月榭携手，露桥闻笛。沉思前事，似梦里，泪暗滴。

《兰陵王·柳》

　　宋徽宗一想自己确实有点儿过分，于是第二天就召周邦彦回京，并封官大晟乐正。从此，还经常和周邦彦在一起填词作曲。这固然是艺术的魅力，却也少不了李师师的功劳。这样的传奇故事虽不可全信，但也可帮助理解当时的风流。

作为一个青楼妓女，李师师令男人们忘却伦理纲常，忘却世俗烦忧，在文学和美女上，找到了自己的立足点。她的"客人"涉及面之广，波及范围之大，行业影响之深，估计当属中国古代妓女史上的翘楚。

文人晏几道给李师师写过诗：

远山眉黛长，细柳腰肢袅。妆罢立春风，一笑千金少。
归去凤城时，说与青楼道。遍看颍川花，不似师师好。

《生查子》

"黑帮头目"宋江给李师师写过词：

天南地北，问乾坤何处，可容狂客？借得山东烟水寨，来买凤城春色。翠袖围香，鲛绡笼玉，一笑千金值。神仙体态，薄幸如何销得。

回想芦叶滩头，蓼花汀畔，皓月空凝碧。六六雁行连八九。只待金鸡消息。义胆包天，忠肝盖地，四海无人识。闲愁万种，醉乡一夜头白。

《念奴娇》

相传，李师师和水浒英雄燕青也曾经有过美好的邂逅。

从国家最高统治者宋徽宗，到大学士秦观，畅销词作者周邦彦，再到山贼草寇宋江，李师师几乎整合了当时社会各界的最优秀资源。

就是这样一座小小的青楼，它融合了宋徽宗的官方文化、秦观等词人的知识分子文化、宋江等人的侠盗文化，当然也还有李师师自己的平民文化。

在这秦楼楚馆的别样风流中，在这缱绻旖旎的烟花柳巷深处，宋朝的雅、俗、轻、重，包括社会上各种文化的合流，都纠缠在这里，托起了青楼事业的繁荣，也成了北宋各路文化的最终归宿。

荒淫昏庸的统治者，咬文嚼字的大学士，占山为王的绿林好汉，都在李师师的怀抱中得到了慰藉。

然而，李师师既没有成为皇妃，也没有被文人收为小妾，更没有变成水泊梁山的压寨夫人。

李师师所认同的身份并不是这些俗世的浮名，她希望保持的正是这份自由。

也唯有这份自由，才能令她青春褪色、红颜衰老后，依然保有永恒的传奇。

断肠女，天风流：朱淑真

有这样一种很流行的说法，"看一个人的底牌，要看他的朋友；看一个人的实力，要看他的对手"。

这句话非常有道理。有时候即便算不上对手，但别人选取参照物的时候，就可以看得出这个人的分量了。

举个例子，假如夸奖男子长得很漂亮，别人会说"貌似潘安"，因为潘安非常英俊，走到街上，各年龄层的女子都会捧上鲜花，以示爱意。如果别人的评价是"比左思美丽"，这就不算夸奖了。左思丑得很，逛街的时候，有调皮的小孩子会向他丢"臭鸡蛋"，暗示其"妨碍市容"。

所以，能够和厉害的人并列，即便稍逊几分，和其他人比起来，也还是胜人一筹的。故而，"比东施靓丽"并不是美誉，而"比西施差些"却是称赞。

参照物水平的高低，直接决定了一个人在一个行业里的地位。而很多人就是因为这种相似的比较才认识朱淑真的。

陈廷焯在《白雨斋词话》中说："朱淑真词才力不逮易安，然规模唐、五代，不失分寸。"李清照（号易安）是几千年来中国历史上"才情女子第一人"，后世能够把朱淑真放在这个水平线上衡量，无论高低，本身已经是对她的一种肯定与荣耀。

朱淑真生于南宋初，具体生卒年及事迹均不详，官宦世家，号幽栖居士。

从朱淑真和李清照的自号上就可以推见两人生活的差别。虽同样是官宦小姐，且都才情并茂，但李清照却是"易安"，而朱淑真只能"幽栖"；说到底，还是家庭生活能够成就女人的幸福。"赌书消得泼茶香"，李清照生活得再苦再累，至少在尘世间找到了赵明诚。

正所谓，"一路上有你，苦一点也愿意"，两个人风雨同舟，不离不弃，且志趣相投，互为知己。这样的婚姻即便放在21世纪，也是令人羡慕的，更何况在男尊女卑的时代。

而关于朱淑真的婚姻历来就有种种不同的猜测：有人说她嫁给了市井小民，也有人说她嫁给了官宦。虽有很多种不同的说法，但却有一个共识，那便是朱淑真不幸福。"男怕入错行，女怕嫁错郎。"在一个男权世界里，婚姻的不幸将注定女人一生的凄凉。

　　独行独坐，独倡独酬还独卧。伫立伤神，无奈轻寒著摸人。

　　此情谁见，泪洗残妆无一半。愁病相仍，剔尽寒灯梦不成。

《减字木兰花·春怨》

这首《减字木兰花·春怨》似乎是朱淑真感情生活的写照。独行独坐独愁独卧，一连五个"独"字，衬托了她的孤独和寂寞。黯然神伤处，料峭春寒竟然也来"招惹"我。

下阕"此情谁见"，既映衬了上面提到的孤独，也引出了泪洗残妆没人在乎的哀伤。因愁生病，因病添愁，愁愁病病，无穷无尽，寒灯里面的灯芯已经剪尽，东方既白，却又是一夜难眠。这种愁苦的情绪在朱淑真的很多词作里面都有体现：

> 山亭水榭秋方半，凤帏寂寞无人伴。愁闷一番新，双蛾只旧颦。
>
> 起来临绣户，时有疏萤度。多谢月相怜，今宵不忍圆。
>
> 《菩萨蛮》

这首《菩萨蛮》从山水自然写到闺中愁怨，起来在窗前等待心上人，却没有等到。"多谢"两句，写得十分巧妙，既把月亮比拟得十分富有人情味，也深刻地暗示了"月有阴晴圆缺，人有悲欢离合"的意味，含义隽永，深婉动人。朱淑真是一位多愁善感的女词人，多情而又敏感，情思细密又包含哲理。从月亮的残缺中得到理解和安慰，令人不禁感叹女词人的善解人意，也不免更加怜爱这份含泪的笑容。

世人总喜欢拿朱淑真和李清照相比，李清照的闺情词写得温婉细腻，如娇俏的小女儿当窗理云鬓，巧笑倩兮，

美目盼兮。在那种春闺愁绪中人们品咂的是小女儿娇憨之态。但是，在朱淑真的词里，人们几乎看不到"争渡"的快乐，有的只是闷闷的愁苦，落落的寡欢。

只有一首《清平乐·夏日游湖》，似乎是朱淑真词作中较为明快的一首。

恼烟撩露，留我须臾住。携手藕花湖上路，一霎黄梅细雨。

娇痴不怕人猜，和衣睡倒人怀。最是分携时候，归来懒傍妆台。

《清平乐·夏日游湖》

男女相约在夏日，灿烂的阳光铺洒在湖面上，水波和眼波一起荡漾，两个人携手在藕花湖上约会，黄梅细雨温润地敲打在脸上。在这样的时光里，人影晃动，心驰神往，不自觉便忘怀其中了。

"娇痴不怕人猜，和衣睡倒人怀"两句袒露了女词人的襟怀。在那个男女"授受不亲"的年代，尤其是清规戒律的理学已经开始束缚人的时代，能够不为外界所动，尽兴而为，率性而为，也不枉自己年轻了一回。

但或许正是因为这份勇气，她虽然获得了"爱的初体验"，却也招来了道学家的闲言碎语、"有失妇德"等指责。易安"眼波才动被人猜"，矜持得惟妙惟肖，恰到好处；而朱淑真却"娇痴不怕人猜"，其敢于直面人生的勇气似乎比李清照更胜一筹。

有了这一次美丽的相遇，有了这样梅雨天气中的相许，爱情在她的心里便饱满地扎下了根，也为后来婚姻的不幸埋下了一颗炸弹。在文学世界里，但凡出类拔萃的女子，多为才华横溢、心思细腻之人，大抵只有源源不断的爱情，才能够令她们的心灵如沐春风，始终荡漾在激情中。朱淑真如此，张爱玲也如此。

女人对于爱情，常常明知是个陷阱，也会毫不犹豫地跳下去。而这份忘我投入的爱，常常深深地影响了她们后来的幸福。可能是放怀得失、不计荣辱的关系，朱淑真在自我解放中找到了自由，也因为这宝贵的人生经历，让她在后来的婚姻岁月中，常常找不到幸福感。所以，常常有数不清的悲痛从心底里生发，是情郎未至的失落，还是对礼教抗衡的失败？这一切，后世已经很难了解。只能在艺术的断简残篇中寻找她的落寞与艰辛。

有人说，她离婚了；但作为女子失德，父母竟然不许她入土为安，索性一把火烧了，一同焚烧的还有她曾经十分珍爱的书稿。女子无才便是德，正是这绝代芳华令她不甘心做一名普通的女人。对待一个才华横溢的女子，人们的痛恨居然比对敌寇还要深。

千古流芳与万世流言，不知道哪一个更让朱淑真心寒！更不知道她会不会和父母一样幽怨地感叹："读书毁了女人的一生！"但是，一切终于都过去了，那些曾经追逐柳暗花明的理想，那些曾经卧在情人枕边的甜香，那些曾经独倚栏杆的寂寞，所有的岁月都在一场大火中付之一炬。在灰烬落下后，那些醒目的词句则显得更加耀眼。

迟迟春日弄轻柔，花径暗香流。清明过了，不堪回首，云锁朱楼。

午窗睡起莺声巧，何处唤春愁？绿杨影里，海棠亭畔，红杏梢头。

《眼儿媚》

烟锁重楼，云锁朱楼！身为才女，回忆青春年华，却只有不堪回首。这一点当真羞辱了南宋的风流！

多情公子空挂念

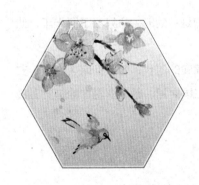

在那个文治辉煌的朝代，他们风流蕴藉，笔下生花，花前侧帽，柳边系马。每一个人都是为情而生，都有过一段旖旎而销魂的温存故事。他们只想把一世浮名，换作持手相望间的浅吟低唱。烟波浩淼楚江中，以一叶扁舟，成就万水千山的相随。于是，有了这世间最多情的男子，有了他们笔下最美丽的词，写尽了大宋王朝的华丽与颓伤，温柔与缱绻，深情与哀愁。

亡国之叹如一江春水：李煜

最令人陡然心痛而又怦然心动的是：他的生命只活了四十年，他的词作却活了一千年。

他出生在一个兵荒马乱、群雄逐鹿的时代，曾坐拥南唐盛景，安享江南风雅；也曾被迫出降，沦为亡国之君。他叫李煜，他是史上最有非议的皇帝，却是最没争议的词人。

千古词帝一斛珠

他是史上最有非议的皇帝，却是最没争议的词人。

而这毫无争议的背后，正是词学家普遍认可的分水岭——亡国之变。

仿佛，亡国前的李煜只是个花天酒地、醉生梦死的皇帝；而亡国后，他突然性情大变、大彻大悟，以对国破山河的深沉哀悼成就了自己一代"词帝"的美誉。

可是，似乎有一点是被人所忽视的：亡国之前的李煜是否真的那么不济，是否真的窝囊，而亡国之后的李煜是否真如人们所说的那么穷困潦倒、我见犹怜，而他的词是否真的就此通达彻悟、千秋彪炳呢？

权当在心里存个疑问吧，还是先来看看李煜当皇帝时候的词是否真的毫无新意吧。

在李煜传世可考并可证的为数不多的词中，《一斛珠》算是别具一格的：

晓妆初过，沉檀轻注些儿个。向人微露丁香颗，一曲清歌，暂引樱桃破。

罗袖裛残殷色可，杯深旋被香醪浣。绣床斜凭娇无那，烂嚼红茸，笑向檀郎唾。

《一斛珠》

词作如美人梳妆图：一个年轻貌美的女子，带着微微的晨光，细心地打理起自己的妆容。沉檀是唐宋时期女子修容的颜料，现在也拿来轻轻地抹在唇上。"些儿个"三字本是方言，一丁点儿的意思，用在此处，不但突出了词人写作时轻快的心情，也将小女儿的娇羞写得活灵活现，跃然纸上。接着，便是看到那樱桃口破、丁香舌歌，歌一曲销魂的清歌，唱得人人心欢乐。

下阕起笔，已然是欢歌艳舞后的场景。舞衣的香气已经开始消散，觥筹交错中不知打翻了多少酒，连舞裙的颜色都被污染了，而斜倚在绣床上的女子依然娇媚无限。有人说，此处不免想起白居易的《琵琶行》，想起"钿头银篦击节碎，血色罗裙翻酒污"的凄惨歌女。李煜当年写下这样的场景，应该只是心为所动吧。

那时的李煜正贵为一国之君，妻爱他那是敬，妾爱他那是怕；而歌女之爱，却是一场不用彩排的"逢场作戏"。也或许因为都知道是"戏"，所以才有歌女敢做出"烂嚼红茸，笑向檀郎唾"的举动——将那嚼在嘴里的红线，娇嗔地唾向情郎。因为画在唇上的些儿个胭脂，也因为深满杯中的豪爽海量，还因为天不怕地不怕敢向爱郎轻唾的红丝线，这个女子的形象就潇洒地确立起来了。

她与传统意义上中国女子的形象截然不同，不是李清照式"和羞走，倚门回首，却把青梅嗅"般大家闺秀的娇羞，反而让人想起"晴雯撕扇子"时宝玉叫好的情景，简单地说：娇憨、顽皮。这也是女人撒娇的最高境界，就是能够对男人"惹而不怒"。这里的分寸火候自然也是一门功夫。

说实话，这样一首笔调轻快流畅、感情真挚纯粹、连撒娇调情之手段都用得如此高明的词，如果不是经众人反复核查考证，确认为李煜所作，估计很难让人相信出自一个帝王之手。它可以出自秦观，或者来自柳永，反正风月无边不该属于皇帝。皇帝应该是正襟危坐，应该是"正大光明"，应该是日理万机、四海归心的，至少应该是焦头烂额、愁眉紧锁才行。全天下的重担都压在他一个人的肩头了，他还能笑得出来吗？可是，这首《一斛珠》确为后主之作。

风流才子，误作人主

在李煜所有追忆似水流年的词作里，写得最动人，也最为酸楚的当属那首《破阵子》：

四十年来家国，三千里地山河。凤阁龙楼连霄汉，玉树琼枝作烟萝，几曾识干戈。

一旦归为臣虏，沈腰潘鬓消磨。最是仓皇辞庙日，教坊犹奏别离歌，垂泪对宫娥。

《破阵子》

在中国浩瀚的历史长河中，"四十年来家国，三千里地山河"也许算不得什么真正的盛世繁华。可是，在当年那样一个战乱频繁的年代，在你方唱罢我登场的戏剧一样的历史时空里，我们看后梁、后唐、后晋、后汉、后周，五代政权的更迭中，维持时间最长的政权也不过十几年。而南唐虽然只有三代君主，却传了将近四十年的时间，其鼎盛时，甚至曾有三十五州之地域，号称十国之中的"大国"。还原到那战旗招展、厮杀不断的历史现场，能保有那么久的安定、富贵与繁荣，也难怪李煜为"三千里"江山和"四十年"家国的破灭而慨叹。

再看下面的词：华丽的皇宫是凤阁，庄严的朝堂是龙楼。世人只说李煜的词悠远绵长，却看不到"连霄汉"三个字背后的豪气。在这壮美的宫殿内外，是玉树，是琼枝，是缭绕在宫殿内外的镶金环玉的神仙之所。在那样的环衬下，一代帝王如何能识得干戈呢。唐圭章先生在评论后主这首《破阵子》的上阕时曾指出其"气魄沉雄，实开宋人豪放一派"。可见，李煜的词虽是幽怨的、哀伤的，却也是不失霸气的哀怨，不掉身价的苍凉。

如果通读后主的词，大概都可以发现这样一个规律，他的后期词作（亡国后词作）都有一个鲜明的特色：初读开篇的时候，总被一股浓到化不开的愁绪所包围，那抑郁、悲愤甚至热烈到让人窒息的伤痛，恰如一江奔流的春水，惊涛拍岸，浊浪排空，呼之欲出却又热辣灼人。

然而，在这"咆哮"过后，换来的却是一股郁结着淡淡愁绪的凄婉和悲凉，结句的时候也多是回到日常细碎的生活中。那是对当年车如流水马如龙的观想，是对故国不堪回首月明中的惆怅，是对仓皇辞庙日却来不及挥泪辞宫娥的无奈。

也许有人会恨恨地说，这是对自己帝王将相生活的无比留恋。也许是，但不妨将此看作对平淡生活的向往。有谁会不去眷恋那曾经历的生活呢？无论甜美还是苦涩，一切都将化为亲切的记忆，变成相片，变成书签，变成诗歌、词作，变成日记本上的那个密码锁。记录着曾经走过的时光，以备日后记忆干瘪时重新拿出来查看。毕竟，记得的才是活过。

一代君王，回首破碎山河，即便留恋，也是人之常情吧。而且李煜的心里，恐怕不仅是留恋，还有一种惶惑。对一个平头百姓来说，历史的巨变其实没太大的影响，只要新的皇权可以优待百姓，他们就可以延续"有衣穿，有饭吃"的人生理想了。即便对于大臣来说，也可以选择侍奉新君。但对李煜来说，未来何去何从却是一个巨大的问号。翻过这座山，不知道后面还有没有路。

传说，李煜投降那天，宋军统帅曹彬等人曾于船上设茶招待他。但李煜看到船前只有一块独木板搭在岸上，于是便徘徊良久，始终未能前行。后来，还是曹彬参透了门道，他知道李煜不敢独自过木板就是因为太怕死了。于是，他感叹道，既然已经答应让你李煜活着做俘虏，又怎么可能害你呢。

很多人就此嘲笑李煜，说江南的水软，喝得他一身软骨头，没半

点男子汉气概，大丈夫生且不畏，死又奈何？！可李煜毕竟不是匹马戎装的英雄，说到底，他只是个风流才子，儒雅有余，而刚烈不足。正是应了那句，"作个才人真绝代，可怜薄命作君王"。如果李煜只是一个普通百姓，也许就不需要痛苦地面对历史的选择了。可惜他"幸运"地当了皇帝。有时候，"官儿"做大了，也未必是件好事儿。

李煜生于937年，生下来就是"一目双瞳"，也就是每只眼睛里都有两个瞳孔，据说舜帝和项羽都有这样的异相。在科学观念还无法抵达的南唐，这种"天生异相"注定是大富大贵的。而在那嗜血的宫殿里，这不免会引起兄弟间的猜忌。李煜为了躲避大哥弘冀的敌意，便开始做一个求仙问道的世外闲人，尽力让自己远离那血腥的皇位之争。现存两首《渔父》推测便为那时所作：

浪花有意千里雪，桃李无言一队春。一壶酒，一竿身，快活如侬有几人。

《渔父》

一棹春风一叶舟，一轮茧缕一轻钩。花满渚，酒满瓯，万顷波中得自由。

《渔父》

第一首写浪花如雪，桃李闹春，带一壶酒，撑一支竿，快快乐乐地去钓鱼、踏春。临了，还不忘自得意满地秀一下：世间快活如我的能有几个人？第二首写那春风飘飘，小舟悠悠，花开满江，酒开满杯，春意荡满在心头，而这惬意和潇洒，真如万里烟波，浪荡自由。这两首《渔父》写得轻快、舒活，是纵情山水的渴望，是恣意人生的追求。在这份阔达、愉悦的气氛里，可以感觉到李煜所勾勒的生活：自由自在，快快乐乐。

他不是运筹帷幄的皇子，不是满腹踌躇的储君，不是心机沉重的阴谋家，更不是睥睨天下的枭雄，他只是天边一缕闲云，路边一朵野花。他希望承载的生命职责里，没有国家，没有百姓，更别说天下。可以预见的是，在一个风雨飘摇的时代，人人岌岌自危的战乱中，由李煜这样一个心里只有自己和自由的人来掌管南唐，将会是怎样的一种结局。

遗憾的是，父亲虽然没有选择李煜，但历史却选择了他。

李煜的大哥弘冀为夺取皇位，将叔父李景遂害死，弘冀自己因无法排解内疚和恐惧，不久也过世了。而排在李煜前面的几位哥哥也都是很早就亡故了。估计李璟当时也已无可选择，所以才将李煜立为太子。

961年二月，吴王李从嘉被立为南唐太子。六月，李璟去世。七月，太子李从嘉即位，改名为李煜，史称李后主。

从被立为太子到继承皇位，不过短短几个月的时间。对一个满心寄情山水的人来说，估计还没有做足精神上的准备。但是，即便再给李煜十年八年的时间，恐怕他也很难准备好做一个别人眼中合格的皇帝。他通身的书卷气，永远也无法拥有历史所需要的"彪悍"和"威武"。

还是清代文学家余怀说得好："李重光风流才子，误作人主。"（《玉琴斋词》）一个"误"字真是写得人百感交集、五味杂陈。对于没有太多思想准备和政治准备的李煜来说，当年的即位应该也是如履薄冰吧。

关于继位和亡国

　　李煜本无心做皇帝，他的人生理想不过是做个开心的"渔父"，但乐于做皇帝的哥哥弟弟们不是没有这个命就是没有这份缘，躲来躲去这个皇位最后还是落在了他的手里。有时候，上天就是这么喜欢和人开玩笑：你不想要的东西，命运偏偏塞给你；而你想要的，苦苦追寻却永远无法得到。爱情如此，皇位大抵也如此。

　　历史上，多少皇子厮杀拼争都是为了抢穿那一袭龙袍，唐朝的"玄武门之变"，清朝的"九子夺嫡"……翻看历史，几乎每个朝代都曾上演过令人不忍卒读的"皇亲国戚连环谋杀案"。有的皇子更因夺权时结下宿怨，继位后便开始滥用皇权杀伐异己。热血的亲情终究敌不过嗜血的权力。但这些事情，在李煜身上却没有发生。

　　相传，李煜即将继位的时候，弟弟从善曾想叛乱。后有知事者告于李煜，他只是宽厚地笑笑。而后，从善不但没有受到处罚，反而加官晋爵，愈被优待。可见，在李煜心里，手足之情于他才是最重要的。

　　开宝四年，即 971 年，李煜派弟弟从善去宋朝称臣修好，结果宋太祖封了从善一个虚衔，便当作人质扣留下来。李煜几次上书陈情，希望可以放弟弟回来，但宋太祖皆不许。李煜每与群臣酣饮，都悲伤不已。那个在江南烟雨、杂树生花的环境中长大的弟弟，怎么耐得住北地的寒苦呢？身为一国之君，却没办法保护自己的兄弟，心中的愤懑和思念就这样汩汩流出，化为一首想念兄弟的《清平乐》：

　　别来春半，触目柔肠断。砌下落梅如雪乱，拂了一身还满。

　　雁来音信无凭，路遥归梦难成。离恨恰如春草，更行更远还生。

《清平乐》

　　以一个"别"字开始了这首词的基调，在这落梅如雪的季节，所有的景色都能触动词人的情思，"柔肠断"三个字更是将温柔写得哀婉凄绝，那思念的梅花如雪花般，拂了一身，却又落满一身。下阕一连用了"雁无音信""路远难归""离恨如草"三个意象做比，鸿雁传书却杳无音信，路遥梦远，归乡无望，离情如蔓延的春草，目之所及，心之所及，延绵不绝，无边无际。而这份对弟弟的情意悠悠千里，也算是写得酣畅淋漓了。

　　遗憾的是，从善的被扣并没有缓解战事的紧张，宋太祖讨伐南唐的战争终于还是开始了。

　　开宝七年（974年），宋太祖开始兵伐南唐，南唐节节溃退，第二年就灭亡了。据说，在宋太祖伐南唐时，李煜写下了一首《临江仙》，其中的惆怅、低迷和亡国的预感都历历如新，清晰可见。

　　樱桃落尽春归去，蝶翻金粉双飞。子规啼月小楼西。玉钩罗幕，惆怅暮烟垂。

　　门巷寂寥人散后，望残烟草低迷。炉香闲袅凤凰儿。空持罗带，回首恨依依。

《临江仙》

　　《西清诗话》对此曾有记载："南唐后主在围城中作临江仙词，未就而城破。"说的是兵临城下的时候，李煜写下了这首《临江仙》，还未及写完都城便被攻破了。今天，重读"空持罗带，回首恨依依"依然觉得这罗带里有着荡不尽的愁绪。寂寥的不是门巷，低迷的也不是烟草，一切的彷徨、徘徊与无奈，都是后主的情语。

　　有些想象总是很残忍的，比如后主在当年城破之时以何种眼神和心态来面对强悍的宋军，他带着怎样沉痛的心情被迫投降，押至汴京；他的身后是南唐几十年的基业，有曾经满怀希望、渴求幸福生活下去的百姓，有那忠心耿耿、已经自尽的陈乔。

　　陈乔是中主李璟非常器重的人才，李璟曾指着陈乔对皇子们说："这个人是忠臣，日后国家有难，你们都可以将身家性命托付于他。"李煜在做太子的时候，陈乔在他的身边辅助监国；李煜继位，他便总领全国军政。宋太祖攻南唐的时候，李煜曾写过降表，让陈乔送去投降。陈乔不去，说皇上你如果怪罪就杀了我吧。李煜不肯。等真的到了最后的时刻，陈乔又劝李煜背水一战，告诉他天下没有不亡的国家，投降不过是自取其辱罢了。李煜又不肯。陈乔无奈，只得自缢而亡。兵败的李煜，亡国的李煜，彼时彼地，想起故国与旧臣，不知做何感想。

　　陈乔说得没错，自古胜者王侯败者寇，投降也只能是自取其辱。宋太

祖就扬扬自得地说过："李煜若以作词工夫治国家，岂为吾所俘也？"言外之意，当皇帝也要符合规范、有法可依。填词只能是辅修或者选修，而开疆拓土才是应该好好钻研的专业。

而欧阳修在《新五代史·李煜传》中也曾提到："煜性骄侈，好声色。又喜浮图，为高谈，不恤政事。"这些记载，加上亡国这一事实，不免令人坐实了对李煜的印象：骄奢淫逸，亡国昏君，是一个不靠谱儿且没正事的皇帝。

忆江南富庶，悔错杀良臣

有一句话讲得很有意思："我已经不在江湖，但江湖上到处都是我的传说。"这句话用在李煜身上实在是再贴切不过了。因为关于李煜的讨论，一直到宋真宗时代，仍是人们热议的话题。

据《宋史》记载，李煜亡国后，很多江南旧臣其实明里暗里都讽刺李煜耽于享乐，过分懦弱，不理政事。有一次，宋真宗问李煜的一个旧臣潘慎修，说你觉得李煜这个人怎么样。潘慎修对曰："煜或懵理若此，何以享国十余年？"这句话的意思再明显不过了：李煜如果真的昏聩至此，何以能坐享南唐十几年的繁华和富庶呢？宋真宗听后，对宰相说："慎修这个人温厚儒雅且不忘本，有身为臣子的基本操守，应该好好嘉奖他。"

当然，这里不排除潘慎修护主心切的袒护之词，但客观来看，此话也并非虚言。比如，李煜在亡国前，写过很多香艳的词，那些词里透露出扑鼻迷眼的脂粉香气。较著名的就是这首《浣溪沙》：

红日已高三丈透，金炉次第添香兽，红锦地衣随步皱。
佳人舞点金钗溜，酒恶时拈花蕊嗅，别殿遥闻箫鼓奏。

《浣溪沙》

这首词将江南的富足雅致、贵族的奢华享乐，都勾勒得如梦如幻。没有见过那场面的人绝对写不出这样华丽的句子。

可惜的是，歌舞升平、箫鼓齐奏的日子终于还是结束了。那带着北方寒气动地而来的军歌，震落了六朝金粉，惊破了历史盛宴，也扰乱了李煜的醉生梦死。而自做了"阶下囚"，多少次回望江南，曾经的繁华和如今的不堪，都让李煜心碎不已。

多少恨，昨夜梦魂中。还似旧时游上苑，车如流水马如龙，花月正春风。

多少泪，断脸复横颐。心事莫将和泪说，凤笙休向泪时吹，肠断更无疑。

《望江南》

一句"车如流水马如龙"说尽了多少江南的繁华。可那些纵横在脸上的泪水，只能和着无声的心事在夜晚独自吞咽。无疑，那是揉碎肝肠的悔恨交加，那是书生无力的某种悲愤。也许很多人会对此不屑，觉得李煜本来也没有取胜的时机。

但实际，李煜是有机会取胜的。

野史有录，南唐林仁肇乃为北宋忌惮的名将，他曾在宋朝征蜀的时候向李煜进谏，说宋军战线绵延千里，久战必定军困，淮南那边守卫松懈，如果能让他带兵数万前去征讨，一定可以收复失地。林仁肇为了替李煜减压，连后路都替他想好了，说"臣起兵之日，闻于北朝，言臣据兵窃叛，苟事成功济，国家受利；如其不利，则请族灭臣家，以明陛下之不二"。意思是等我起兵的时候，您就说我是自己拥兵叛乱，如果事成，国家便可受益；如果不幸失败，您可以灭我九族，以证陛下的清白。但，后主怕无功徒劳师旅，竟不从。

也有学者据此初步判定李煜的无能。可细细想来,恐怕并非后主不能,而是后主不忍。他宽宥过弟弟从善的叛乱,原谅过韩熙载讽刺自己的续弦,那样一个温润如玉的谦谦君子,定然是知道林仁肇的忠心。然而,一旦无功,又何忍去灭他全族以撇清关系呢。至少这一次,他的懦弱,不是来自惧怕,而是源于善良。

李煜的软弱十之八九是来自善良,但有时的确来自昏聩。宋军为了消除最为忌惮的林仁肇,用了一招"反间计"。南唐使者(有传为李煜弟弟李从善)来宋朝拜,宋太祖让部下故意带着使者参观一尊形似林仁肇的塑像,使者便问其故。宋太祖说,林仁肇愿意归顺我大宋,先送来画像表示诚意。接着又指着旁边的一处宅院,告诉使者那便是未来的林府。消息自然是传到李煜的耳朵里。而李煜,也果然中计,用毒酒赐死了林仁肇。等到宋军兵临城下,无人可用的时候,他才非常后悔错杀将军,以致国破家亡,山河同悲。

历史有时候很像人生,紧要关节只有那么三两步,走错了,也就满盘皆输。

当然,就算林将军不死,南唐早晚也是会灭亡的。历史上那些错杀忠臣良将的皇帝很多,但也并非个个亡国。还是陈乔说给李煜的话有道理,"哪个朝代都会有亡国的一天"。古往今来,多少英雄挡在历史的车轮前,想要"挽狂澜于既倒,扶大厦之将倾",到最后,血肉之躯却只能被无情碾碎。

说到底,林仁肇也好,李煜也罢,面对滚滚而来的历史洪流,他们也不过是普通人。今天,如果有心重读李煜的亡国词或者艳情词,都不应过分放大或缩小李煜这个人。在无边的浩渺的历史帷幕下，李煜是如此孤立无援。他在毫无野心的时候被推到历史的前台，而那时的南唐已经在中主李璟开疆扩土的蓬勃野心下，开始变得有点外强中干了。比如，中主李璟执政后期，他已经自去帝号，开始向后周称臣。所以，李煜并不是南唐政治的拐点。相反，南唐的政治拐点却实实在在地改变了他的人生。而他的词也因为人生变故后所流露的真挚与伤感而变得分外动人。

读李煜的词，不应该只是体味那落魄的悲凉，悲凉固然是李煜独特的人生体验，但如果没有之前的娴雅、香艳和旖旎，后来的亡国之痛也便没有那么深挚了。

恰如一朵并蒂莲，双开双落，才是最美的结局。

那些疯狂的爱情往事

在李煜的所有故事中，人们最熟悉的就是他的爱情往事，关于大周后，关于小周后，也关于三寸金莲。而在李煜的词里，有一首《菩萨蛮》正是写给小周后的，其浓艳香软不禁令人浮想联翩。

花明月黯笼轻雾，今宵好向郎边去。刬袜步香阶，手提金缕鞋。

画堂南畔见，一向偎人颤。奴为出来难，教君恣意怜。

《菩萨蛮》

如果这是一幅画，便可以叫作《南唐女子月夜偷会图》。在那个花明月黯的晚上，小周后偷偷去约会情郎，为了不惊动别人，她便把金缕鞋提在手里，移步香阶，落地无声，轻轻地来到画堂南畔，一头扑到情人的怀里。最后一句"奴为出来难，教君恣意怜"实在是生花妙笔，将一个好不容易才得以偷跑出来约会的女子，面对情人时的浓情蜜意和恣意撒娇都写得栩栩如生。

陆游在《南唐书》里曾提到这则趣事。说其实大周后生病的时候，小周后就已经入宫了。李煜风流潇洒，小周后姿容美艳，恰都是多情之人，幽期密会在当时许多人的眼中已经不是什么秘密了。可是，通常情况下，关于感情背叛与精神出轨，当事人常常是最后一个才知道的，大周后这次也不例外。妹妹在宫里出来进去多少次了，都没被她发现。有一天，忽然见了，竟然惊奇地问："妹妹几时至宫来？"小周后那时只有十五岁，年少无知，据实以对，"既数日矣"，来了好些日子了。大周后听完大怒，面壁而卧，至死都不望向外面。

待大周后去世，李煜悲伤异常，屡屡以"鳏夫煜"自居，内心哀婉沉痛至不可言说。其实，这也不能说是李煜花心，花心是见一个爱一个忘一个，而李煜是见一个爱一个留一个。这有点像《天龙八部》中的段正淳。所有他爱过的女人，他一定是爱着的，并将是永远爱着的；在他心里，他可以为了心爱的女人去死，为你可以，为她可以，为我也可以。而李煜，说到底也是这样的人。缺钱，缺尊严，缺地位，在他们眼里，都抵不上"缺爱"的折磨。所谓"情种"大抵如此，不管种到哪里，长出来的一定是绝美艳丽的情花。

李煜这首《菩萨蛮》当时可谓尽人皆知。据说有次宴会上，韩熙载还曾公开以此讽刺李煜的感情。换作任何一个朝代，估计不是脑袋搬家，至少也得贬官罢官。但李煜只是笑笑，假装没有听见。

据此，就不难判断，李煜是一个好皇帝，他的胸襟、气度都非一般人所能比。他虽然在政绩上并无特别大的建树，但总还是可以给人以宽松的语境来自由表达自己的观点。单就这一点，很多历史上号称"英明神武"的皇帝恐怕也绝难做到。

可惜的是，这份温雅敦厚，放在太平盛世，定然是"一代明主"；

而放在那兵荒马乱的时代，他的书生意气却只能是被人诟病的"怯弱"。

往事可堪哀。

往事只堪哀，对景难排。秋风庭院藓侵阶。一任珠帘闲不卷，终日谁来？

金锁已沉埋，壮气蒿莱。晚凉天净月华开。想得玉楼瑶殿影，空照秦淮。

《浪淘沙》

这首《浪淘沙》应该算是李煜所有词作中最为悲壮的吧。一句"金锁已沉埋，壮气蒿莱"让无数人为之心折。

想那金陵自孙权称帝以来，数次成为都城，其英气勃发的历史已然承载了太多英雄的壮志雄心。可惜，轮到李煜坐镇的时候，昔日的繁华早已消散了大半。在这历史沉浮的舞台，金戈铁马，端看那谁家金锁沉埋，谁家旌旗飘摆。往事已成空，还如一梦中。那些翠环玉绕的日子，那些歌舞升平的时光，都随历史渐渐消散。"世事漫随流水，算来梦里浮生。"而人生，也不过是一场浮华迷梦，就像绚烂的烟花，虽然美艳至极，但最终还是要凋落的。所幸在于，谢幕的只是王朝的背影，李煜的词作却始终扎根在每个人的心里，从未凋零。

其实，李煜之所以能够被后代所牢牢铭记，并不仅仅因为他是一个皇帝或者一个词人，或者是什么非凡的经历与浩劫，而是因为他的真性情。他爱护手足之情而忽视弟弟的叛乱，却不怕被人视为无能；他喜欢小周后便不怕别人讽刺；他错杀林仁肇后悔恨交加敢于认错并痛哭流涕；最后，他竟在七夕节过生日酣畅痛饮时忘了自己阶下囚的处境，而吟出"一江春水向东流"的感慨以致遭受杀身之祸。还是王国维先生对其描摹得最为精准：阅世浅，性子真，永远都流着赤子之情。

也因如此，同样是书写亡国之痛，李煜的《虞美人》就比宋徽宗的《燕山亭》感人得多。用王国维先生的话来说："道君不过自道身世之戚，后主则俨有释迦、基督，担荷人类罪恶之意，其大小固不同矣。"宋徽宗的词作只是对自己身世的悲戚，除了同情，鲜有人能与之共鸣。而李煜的"一江春水向东流""别时容易见时难"说的虽是亡国之情，但又何尝不是人们爱情的苦恼、人生的慨叹呢？逝水东流，青春一去不复返，对于每个人来说，这都是值得惋惜而又无可奈何的吧。

读同样的词，却让我们每个人含着不同的泪水。或许，这便是李煜词的最大魅力。

960 年，三十四岁的后周殿前都点检赵匡胤发动陈桥兵变，建立宋朝，史称宋太祖。

961 年，年仅二十五岁的南唐太子李从嘉即位，改名李煜，史称李后主。

975 年，宋太祖灭南唐，李煜出降，被送往汴梁。

一年之后，宋太祖亡，疑被宋太宗杀害。

三年之后，李煜亡，疑被宋太宗毒害。

其实，死亡不过是一场或早或晚都会奔赴的宴会。难的是，每个人都想光辉绚烂地走在通往宴会的路上。

而他们并不知道，之于历史，根本无所谓输赢。

大雅大俗，尽藏青楼：柳永

能够仅凭歌颂青楼女子的婉约小词而立于中华词坛且千年不败的，恐怕只有柳永。无论他身前身后曾有多少经历和争议，他始终是一个无法复制的传奇。

浅酌低唱，误失浮名

柳永的祖上在南唐时曾以儒学著称，传到他这一辈也算是官宦世家。柳永的父亲柳宜就曾中过进士，还在南唐做过官。叔叔也中过进士，哥哥柳三复和柳三接也都是进士。连柳永的儿子和侄子都是进士。试想生在这样一个"进士大家庭"里，柳永的生活将是多有压力。

所以，他必须赶考，争做"进士"。按柳永的才学，考进士应该不是什么问题。但命运偏偏在此时开了个玩笑：它竟让柳永意外落榜。而且连续落榜高达三次。第三次落榜的时候，柳永心里实在接受不了，极其不平衡地写下了这首《鹤冲天》，来抒发自己的愤懑。

黄金榜上，偶失龙头望。明代暂遗贤，如何向？未遂风云便，争不恣狂荡。何须论得丧。才子词人，自是白衣卿相。

烟花巷陌，依约丹青屏障。幸有意中人，堪寻访。且恁偎红倚翠，风流事，平生畅。青春都一饷。忍把浮名，换了浅斟低唱。

《鹤冲天》

这首词起笔便指向"金榜"，从"偶失""暂遗"等词的运用来看，柳永心里还是自负满满的，他自信没有考上只是偶然的、暂时的。那么，既然没有考上，未来的路该如何去走呢？——"狂荡"：才子词人，白衣卿相。人生基调既已确定，下阕的感情似乎就更明晰了。他要去那烟花柳巷，偎红倚翠，拟将一生过得潇洒、自在、欢畅。最后一句写得更直接：忍把浮名，换了浅斟低唱。宋词虽说是用来唱的，但柳永的"低唱"却是以"偎红倚翠"为背景。换句话说，他宁愿用功名利禄去换青楼女子的浅斟低唱。此语一出，就犯了严重的政治问题。虽说宋代文人的风流韵事人所共知，但多情似宋祁，风流如张先，也都没敢把这种"寻花问柳"的理想直白地写在自己的诗词里。而柳永此番这么一说，明显是对功名的不屑，对皇权的挑战。

大约柳永也是头脑一热，发一时之飙，所以才冒出来这么胆大妄为的话。如果深思熟虑的话，他应该明白，科考几乎是古代文人唯一的出路，他即便才高八斗，也注定要在这条路上栽跟头。说再多的怨气话都没有用，忍一忍其实也就过去了。就像那句流行语所说："怀才就跟怀孕一样，日子久了总会被人发现的。"何苦非要冷嘲热讽，酸溜溜地写这样的词呢？而且，如果真的不屑，又何必来考呢？

可柳永偏偏如此"矛盾"，他就是这么一个人：既含着落第的抱怨，又揣着及第的渴望。所以，不几年的光景，他便带着赶考的热情卷土重来。所以说，他并非真心厌考，那"清高孤傲"有时候不过是摆出的"姿态"。

据说有一次他还真考中了，但结果还是难逃再次落榜的命运。原因就是宋仁宗不答应。"凡有井水处，皆能歌柳词。"柳永的词在当年和后代，都是流传极广的，那首《鹤冲天》自然也不例外。知识分子的清高酸腐在词里简直是一览无余，而且他还抨击皇帝遗漏了他这个"贤人"。宋仁宗当然不满意啊，皇帝也是人，怎么能容你如此嚣张地讽刺。宋仁宗说："且去浅斟低唱，何要浮名？"宋仁宗的心情可以理解，既然柳永敢宣称不稀罕浮名，那又何必来求取功名呢？结果柳永再次落榜，这回真的要去给青楼女子写词唱歌了，连皇帝都朱批他"且去填词"。

一般人的话，觉得没考上也就算了，皇帝都不让你考了你还考。可他却偏偏还考，足见其坚韧不拔的精神真是非比寻常。他一面参加考试，还一面写词，风花雪月地歌颂自己跟青楼歌伎的感情。词写到最后，还加一个落款"奉旨填词柳三变"（柳永原名柳三变）。气煞皇帝！

1034 年，也就是宋仁宗景祐元年，已经五十一岁的柳永终于考中了进士。但也有传说，刚刚亲政的宋仁宗为笼络士子之心，放宽了科考的尺度，所以柳永才能考中。另有一说，宋仁宗只是赐他进士出身。

在柳永反复折腾、屡考进士的这么多年里，晏殊赐进士出身，范仲淹、宋祁、欧阳修、张先等宋代名流均已先后及第。与他们相比，柳永的经历实在太坎坷了。

殊途同归，生命轻与重

薄衾小枕凉天气，乍觉别离滋味。展转数寒更，起了还重睡。毕竟不成眠，一夜长如岁。

也拟待、却回征辔；又争奈、已成行计。万种思量，多方开解，只恁寂寞厌厌地。系我一生心，负你千行泪。

《忆帝京》

　　柳永和歌伎舞女们的感情极深，这一点不容置疑。但柳永笔下的情词，多为女子的思恋，这一首《忆帝京》，沾染了无限相思，以男子的口吻和立场来写可谓别具一格。难怪刘熙载在《艺概》论柳词中盛赞"细密而妥溜，明白而家常"。

　　细看这首词，薄衾天凉秋意渐浓，深夜独卧，辗转反侧，相思袭来难入眠，醒来还想睡，希望在梦里重逢。一句"毕竟不成眠"蕴含了无比的思念和孤单。我们常常用"一日不见如隔三秋"形容时光苦长，却不料柳永的一句"一夜长如岁"更让人心惊。别离的滋味可说是写得情浓隽永。

　　下阕里，更加深入地描写了离情。相思无尽，只想回头找你；可是已赴征程，为功名也为生计。于是寂寞天地，只能在万种无奈中开解自己。通篇明白晓畅，平和浅易，寥寥数字勾勒出一个离开心爱之人的男子，度日如年的愁苦。如果至此结束，顶多不过为"淫词艳曲"

中流行一时的诗句。

可柳永毕竟不是普通人，他对艺伎的感情也非同一般。结尾处一句"系我一生心，负你千行泪"如繁花落地，砸下一枚沉甸甸的果实。落拓曲折处，委婉动情，九曲回肠之意，深切动人。

从来，人们太熟悉女子的倾诉："山无陵，江水为竭，冬雷震震，夏雨雪，天地合，乃敢与君绝。"或言："枕前发尽千般愿，要休且待青山烂。水面上秤锤浮，直待黄河彻底枯。"可是，对于一诺千金的男子们的誓言却往往不放在心上。

正因如此，在一个男权世界里，能够听到才华横溢的才子深深的表白，更觉意义非凡。

想那柳永，虽在花街柳巷中消遣，但内心深处未必可以放下对世俗的一腔热忱。多年苦读，一心建功立业的豪情，不料满腹诗书没能让自己驰骋官场，却献给了一个个如花似玉的妓女。娇娥虽美，也愿意为之歌咏。"春风拂槛露华浓"，想那李白虽屡有沉浮，但得幸为贵妃作诗也算体面，无论如何浪荡，总算盛世英名。可歌咏这青楼女子，柳永却无论如何也进不了庙堂。所谓地位，自然比不上文人，只好游走在城市的边缘，做一个另类文化人。

风流，放荡；诗成行，泪成双，酒入愁肠。且去填词，皇恩浩荡。醉生梦死在温柔乡，一个个俏姑娘打点那寂寞苦时光。

杨柳岸的晓风残月，离别时的怀古多情，秋意渐起，无限思量；美丽的姑娘，你拿我的词曲去欣赏还是去卖唱？

还好自古烟花柳巷不仅仅有皮肉生意的妓女，也有无数赏心悦目的才良。

很多妓女或本出自名门，自小吟诗作对，家道中落才隐入青楼；或有少时家贫入行受老鸨栽培，琴棋书画样样精通，早已可挑才女的大梁。有的虽栖身寒窑却可以才情并茂，于是，这些无处容身的才子，在青崖间行走不稳的文人，可以在民间找到精神的流放地和集聚村。

在歌伎的轻盈和落魄文人的沉重间，他们彼此试探和抚慰，获得灵魂的安宁和平静。

青楼能够上演柳永这种千古奇观，应该说得益于歌伎文化的发达。

宋朝在中国妓女史上，无论如何都是浓墨重彩的一笔。

据不完全统计，宋代著名词人，如苏轼、秦观、欧阳修、晏殊、姜夔、张先等都和歌伎事业发生了千丝万缕的微妙联系。我们都知道，宋朝正是朱程理学"存天理，灭人欲"对人的欲望加以压制的年代，结果适得其反，大大地助长了歌伎事业的发达。

真不知道，这是历史对虚伪道学的一种嘲讽，还是和朱子开的一个玩笑。

宋代的妓女业，因从业人数的剧增和社会多阶层的参与，不断发展壮大，终于连皇帝也卷进了这项公共活动中。有诗言："宋史高标道学名，风流天子却多情。安安唐与师师李，尽得承恩入禁城。"说的正是宋徽宗的风流韵事。

宋徽宗赵佶天生就是嫖客，凡是京城中有名的青楼女子，他都不放过，据说有时还将喜欢的妓女乔装打扮带入宫中据为己有。皇帝为妓女业"亲力亲为"，臣子们哪能不紧随其后？

但嫖客众多，难免也有撞车的时候，宋徽宗和周邦彦便发生过同嫖的尴尬。

可实际上，皇帝也是人，只不过是高贵中的尊者。

而妓女也是人，不幸的是只能做低贱中的卑者。

虽然他们的地位有天渊之别，然而无论烟花之地，还是朝野之堂，同样要求他们虚情假意、尔虞我诈，同样会照章纳税论功行赏，也同样引得无数人为之肝脑涂地九死一生。

于是，在这大雅大俗之青楼，歌伎的温柔缱绻，皇帝臣子的国事繁重，居然如此的一拍即合。

　　当然，宋朝毕竟是中国历史上可歌可泣的王朝，它之所以敢于如此挥霍自己的豪情蜜意，都是因为有强大的经济做后盾。只有"安居乐业"方起"饱暖思淫欲"的歹心，如若不然，流离失所，谁会有心思有银子去光顾烟花柳巷呢？所以，一个小小的青楼，其实也暗含了国运的兴衰。

　　当娱乐业繁荣鼎盛的时候，虽然有铺张浪费的嫌疑，但也要感慨人民生活水平的普遍提高。

　　发达的经济，闲适的生活，把宋代的妓女事业推向了繁荣，汴京简直成了她们的世界。正如柳永在《望海潮》中写到"东南形胜，三吴都会。钱塘自古繁华"。据说，恰恰又是这文人一笔，惹得一百年后完颜兄弟对宋朝的富丽垂涎三尺。

　　可以说，宋时的天空和士人的心田都飘扬了无尽的风花雪月。然而，为官之风流又岂能和柳永之风流同日而语？

　　读柳永词，虽然可以读出他的沉沦，也同样可以读出一种别样的韵味。柳永，一个深入市井的落魄文人，一个青楼女子的蓝颜知己，一个烟花柳巷的四时常客，一个在潦倒中走出异样轨迹的词人。他的生活像北宋这场大戏里的一个亮点，照亮了当时的人生百态，折射了时代为人所耻、歌舞升平而又道德冰冷的角落。

　　所幸的是，他的词作没有和生活一样浪迹酒色，而是时刻从笔端散发出人性的悲悯和况味。

　　他的身后注定留下太多争议，因为他的轨迹是一个特例，注定不会像李白、杜甫一样被供奉在人生的云端，但也因其特立独行，注定不会被历史淹没在世俗的风流中。

　　那个时代的诸多不得意都泼洒在"怡红院""春宵馆"里，那里可以闻到北宋社会的纸醉金迷，触及众多士子文人伤痛的内心。但又有谁来"抚慰"铜臭味背后的荒凉人心？妓女虽然轻贱却承载了无数文人深重的良知与沉沦，这轻与重到底该如何区分？

或许只有柳永才能读懂妓女们的悲苦和辛酸，分得出"低贱者的高贵和高贵者的低贱"。于是他可以雨落长亭，深夜难眠；可以在心里对一个歌伎托出自己最深挚的爱："系我一生心，负你千行泪！"

所幸的是，柳永生在一个浪漫的时代，可以令他任由身体堕落，灵魂憔悴，却换来了几百年后依旧温暖的墨香。

词香是最好的陪葬

《三言》里有一个《众名伎春风吊柳七》的回目（柳永在家中排行第七，故名为"柳七"）。说的是：柳永死后，因穷困潦倒无钱安葬，竟然要青楼歌伎们纷纷捐钱，才得以入土为安。而和他感情深挚才色双绝的名妓谢玉英，因柳永过世而哀伤过度，不久也死了，被葬在柳永的墓旁。

据说谢玉英当年未遇柳永时，曾以蝇头小楷抄了很多柳永的词，而且在青楼卖唱的时候也最爱唱柳永的词。得缘与柳永相遇后，二人大有知音难遇、相见恨晚之感。于是约定，玉英不再接客，七郎不再变心。

后来柳永到余杭任职，一年后回来找谢玉英，她竟然不在家。一问才知是去陪别人游玩了。柳永非常郁闷，丢下一首词就离开了，词中有云："近日重来，空房而已，苦杀四四言语。便认得听人数当，拟把前言轻负。见说兰台宋玉，多才多艺善词赋。试与问，朝朝暮暮，行云何处去？"

谢玉英回来后，发现柳永曾回来找过她，心里便暗暗惭愧，觉得自己不该背弃誓言。于是，便到处询问柳永的去处。得知他去了哪里后，火速变卖家当，赶往东京名妓陈师师的家。见面后，二人重修旧好。此后，谢玉英便留在陈师师家的东院，再不接客；即便柳永去了别的妓女家，她也毫不干涉，给柳永以充分的自由；并和他恩恩爱爱，过着夫妻一般的生活。

要说那柳永也真是奇才，一般正经的夫妻，妻妾成群还有争风吃醋的时候，他却能妥善协调好各方面的关系，让歌伎们和谐共处，彼此扶持，真是古今一大奇观。

其实，当年很多女子沦入青楼是迫不得已，不是家道衰落被迫卖身，就是自幼被拐卖，骨子里未必是寡廉鲜耻之人。记得有部当代小说，结尾处曾描绘过一个场景，说一名外出打工的女子因为难以生活，无奈变成夜总会的"小姐"。可是，在她给家乡寄回的明信片里，没有说自己的行业，而只是画了青山绿水、红花白云，描述着对美好生活的洁白想象。那一刻，让人不禁为之动容，隔着苍茫尘世，她依然保有一颗洁净的心。理解和同情，对于她们来说，是多么重要的事啊。

而那穷困潦倒、屡试不中的柳永，所唯一能给予这些女子的，恰好正是这样的尊重。

在柳永的词里，"莺莺"很美，"燕燕"也很可爱，她们都是端庄旖旎、容颜秀美的佳丽。"执手相看泪眼，竟无语凝噎。"在他心里，这些女人并不是妓女，而是同情自己的经历、仰慕自己的才华、歌唱自己的词作、可以彼此交心并怜惜的知己。

也只有怀着这样的心，他才能沉醉于酒色，却不沉湎于声色。

但也是因为他将自己置于和她们平等的地位，所以他的词才无法获得"主流"词人的认可。相传，有一次苏轼批评秦观时便说："怎么分别一段时间，发现你竟然在学柳七填词呢？"秦观觉得很委屈："我就算再不学无术，也不至于学柳七填词吧！"可见，虽然柳永的词能够得到人民群众的广泛认可，但"柳七填词"这四个字在大部分"主流"词人看来并不是一句好话。在圈子里，他无法获得应有的承认和尊重。

就连李清照也在《词论》里说他："涵养百余年，始有柳屯田永者，变旧声作新声，出《乐章集》，大得声称于世；虽协音律，而词语尘下。"意思是他虽然对宋词的发展做过杰出的贡献，但是他"词语尘下"。这意味着，他写得再好，也是俚俗的、难登大雅之堂的、为正经词人所鄙视的。

这也是很难拆解的雅俗相争的问题：一边是主流的温雅词，一边是非主流的俚俗词。而柳永，一则屡考不中始终没有功名；二则竟然对那些假惺惺的"道德真君"所鄙视并厌恶的妓女，心生怜爱。所以，于公于私，他都只能是作为"非主流"词人出现了。

好在，柳永一生日日烟花柳巷，夜夜秦楼楚馆，身边绿环红绕，倒也逍遥自在。只是可怜他穷困潦倒，死后竟无钱安葬。想来那些不多的银两怕是都送给青楼的歌伎们了。那些歌伎倒也同样有情，竟然合资安葬了他。

也罢，就让他随生前的香艳情事缓缓安息吧。谁又能说，千年后依然动人的词香，不是他坎坷人生的最好陪葬呢。

且向花间留晚照：宋祁

也许有人不知道宋祁，但一定没有人不知道那句"红杏枝头春意闹"。这位红杏闹春的宋祁宋子京，还曾有过一段骄阳下的艳遇，后经宋仁宗成全，得抱佳人。

偶然一娇嗔，便为宋夫人

盛夏的阳光，刺目得令人眩晕，宋祁在清晨，太阳还未完全升起的时候便走进了宫门，进宫的小路因为历史的久远而显得日渐陈旧。沿着暗红色的宫墙慢慢走着，宋祁似乎能感觉到暑气从地面蒸腾而起，变成阵阵热浪扑在他的脸上。

空气里充满了青草温存而又馨香的气味，深吸一口气，能令整个胸腔充盈起满满的幸福感。

天看起来不是很高，有一点灰蒙蒙的色彩，像是灰白老照片的底片那样，模糊不清。看来兴许会下一场暴雨。宋祁将已经汗湿的官服松一松，继续前行，早朝的时间快到了，他作为尚书工部员外郎，是不能迟到的。

有时，命运的奇异之光会突然绽放，一个躲闪不及，就会撞个满怀。

此时，一列迎面而来的官轿令宋祁停下脚步；他俯首而立，这是礼仪，也是规矩。

在那个"天就是天，地就是地"的年代里，宋祁无论内心多么焦急，都只能垂首站立，寄希望于官轿可以快些通过，好让他赶得上今日的早朝。

待官轿通过，他正准备转身离去之时，却被一声娇嗔留住了步伐："啊，这不就是宋公子吗？"宋祁抬头不期然地一望，便看到了官轿后边逶迤而行的佳人。

有的美赏心悦目，有的美令人情难自禁，还有的美雍容华贵却有点心存距离，但有一种美却是恰到好处，令人怦然心动、辗转难眠。

"关关雎鸠，在河之洲，窈窕淑女，君子好逑。"古风盎然的《诗经》时代，可以让相悦的男女相互坦露情怀。而在宋朝，在这宫墙下，宋祁却只能遏制自己心中已经燃起的火焰，用淡然的神色回应女子那一眼深望。

宋祁木讷地望着宫女离去的背影，心中暗涌出阵阵情愫。或许每一个男人在与倾城之貌相遇时，总会笨拙如情窦初开的孩子，除了怔怔地凝望，也不知道如何去回应。等到他回过神来的时候，那顶轿子早已不见了踪迹，佳人也无芳踪可寻。

刹那花开，然后又瞬间凋零。刚刚被唤起的情感忽然又查无所踪荡然无存。宋祁的心里如打翻的五味瓶，百感交集。但填满内心最多的恐怕还是郁闷。

画毂雕鞍狭路逢，一声肠断绣帘中。身无彩凤双飞翼，心有灵犀一点通。

金作屋，玉为笼，车如流水马如龙。刘郎已恨蓬山远，更隔蓬山几万重。

《鹧鸪天》

那天，他回到住所后便题词一首，以纪念这次"后会无期"的相遇。宋祁一生写词无数，却只有这首用情最深。可能是想到此番擦肩而过，不知道又要几生几世才能换来这回眸后的心跳。心中纵有万般滋味，又如何能与时光细说。

然而，命运的反复和绝处逢生，常常是令人意想不到的。本是想祭奠还没来得及开始便已经结束的感情，却没想到一首无心之词竟令他实现夙愿。

相传，这首词几经辗转最终落入了皇帝之手，宋仁宗在读到这首词后大笑道："哪里就会更隔蓬山几万重呢？"于是派人在宫中寻找那名宫女，找到后便送入了宋祁的家中，就此化解了才子的一番相思之苦，也铸就了一段古今佳话。

这便是《鹧鸪天》这首词的由来。不论真假，也不论宋祁与那位宫女日后是否能携手游湖，相伴白头，只需想到那灵犀的心意相通，能够穿越二人之间原本"山水万重"的距离，便足以令人欣慰。

时至今日，宫墙依旧斑驳，山长水远的故事却因时光的雕琢而更显传奇。世间如有轮回，此生是否还会邀约，在某个日光艳艳的角落，擦肩而过？有好事者说这样的"闪婚"会不会是一场"闪离"的悲剧呢？这种担心真有点儿杞人忧天了。曾经拥有，爱我所爱，愿我所愿，情真意切，一切便已足够。

时光固然不会为千年前的故事而停留，但是也从未阻止我们追逐幸福的脚步。

且向花间留晚照

宋祁虽然因为一首《鹧鸪天》，赢得暖玉温香抱满怀，但其真正的成名却得益于《木兰花》这首词。因为这首词，宋子京赢得了"红杏尚书"的雅称。

> 东城渐觉风光好，縠皱波纹迎客棹。绿杨烟外晓寒轻，红杏枝头春意闹。
> 浮生长恨欢娱少，肯爱千金轻一笑？为君持酒劝斜阳，且向花间留晚照。

《木兰花》

这首词写景抒情都颇具特色，将那春之美景铺展开来，东城的无限好风光也就此开展。从春波绿水被风吹出縠皱波纹开始，到杨柳初露枝芽，远观如同烟雾一般笼罩上空，轻如浮云。游走间，笔行之处，必将风光逐步抖落出来，如同一幅隽美的春之图。而这首词的重点却在一个"闹"字。

王国维在《人间词话》中称赞宋祁的这句"红杏枝头春意闹"："着一'闹'字而境界全出。"的确如此，除了这"闹"字，只怕其他字用在这里都会词不达意，而宋祁也赢不来那"红杏尚书"的美名。

词的下阕开谈便是清谈笑语"浮生长恨欢娱少，肯爱千金轻一笑"，道出人生一世苦多乐少，甚至为了博得开口一笑，哪怕掷出千金也在所不惜。不知最初在宫墙里偶遇佳人时，宋祁是否也这般想过。也许为了能够将晚照留于花间，令佳人那一瞬间的回眸定格脑海，他恨不得倾其所有吧。但不要就此以为宋祁流连美色，无所作为；实际上，他只是感叹人生苦短，相见恨晚而已。

这样看来，《木兰花》总是恍惚间给人一种错觉，你觉得他似乎是在谈风景，又好似是在谈风月；当你想切实地研究一下这里边的情愫，却又觉得这明明是在谈风景。所谓"虚虚实实，情景交融"大概就是这个意思。

如果说一首《鹧鸪天》成就了一段才子佳人的美谈，那这首《木兰花》便是才子神韵的充分彰显了。"山抹微云秦学士，露花倒影柳屯田。"其实应该加一句"红杏闹春宋子京"才是。

但是，人生的悲欢常常并不能以功名利禄计。对于普通人来说，求名求利求美女，得到了便欢天喜地，得不到就要怨天尤人。而对宋祁这样的文学青年来说，得到了固然会珍惜，但得不到心里的落寞却是没办法填满的，暂且称为特异的孤独吧。

宋祁虽然在朝为官，仕途坦荡，万事不缺，但他却并不快乐。他总是像一个落魄文人一般郁郁寡欢："远梦无端欢又散，泪落胭脂，界破蜂黄浅。整了翠鬟匀了面，芳心一寸情何限。"

这是宋祁的词，也是宋祁的心。

在那片远梦中，妇人感情伤怀，泪眼迷蒙，不知情何以堪，想必对宋祁而言也是如此，欢聚无端，离散也无端。晏殊也曾感言"一曲新词酒一杯""夕阳西下几时回"，遣词造句虽不相同，但是所言之物却是相似。他们都希望将最初的相遇延续千年，否则一旦错过，西下的夕阳几时才能回转？

时间像是一条河流，静静流淌，但是那彼岸的花朵，你永远都无法摘得。因为当生命悄然枯竭，岁月将安然过去，若有来世，我们定要携手重来：我不再是宋朝官员，你也不再是皇朝中人，我们只要一间茅屋，安居湖边，看日升日落，品世间四季，这就是一生的期盼，

是"浮生长恨欢娱少"的期盼。

宋祁心中做何想后人已不得而知，但词如心声，从他所写也能窥出他心中所想的七八分。大概也不过是想要将与佳人初见时的光景一分一秒都抓在手心里，任凭"更隔蓬山几万重"，任它"且向花间留晚照"，只要当时盛开如花，绽放如莲。

人生一世，草木一秋，繁花似锦的一生到头来其实也终究是冷梦一场。

词如人生，人生如词，几百年后，一名清代贵族男子同样神情萧瑟地写下传世名句："人生若只如初见，何事秋风悲画扇，等闲变却故人心，却道故人心易变。"

由此可见，世间情感多数不过是南柯一梦。相见之后，经历过离别的断肠苦楚，然后便安静地归于时间的深处。

一切只是慈悲一场。

一蓑烟雨任平生：苏轼

如果苏轼的人生需要做一份简历的话，上面或许只有一句话：彪悍的人生不需要理由。

爱情是生命的一条曲线

四川眉州青神县的岷江河畔，一片青翠俊秀的山峰连绵在云海间，其中一山名为中岩，名声在外。此山中有一汪清泉，水波清澈见底，而池中的游鱼更是颇具灵性，只要临池拍手，这些鱼儿便如同听到召唤一般纷纷游来，令人赞叹。

相传当年北宋进士王方在此地与友人相聚，见到此景时非常喜爱，便命人为这池清泉取名。众人挠头深思时，一少年已经挥毫而就，写下了"唤鱼池"三个大字。笔法遒劲，取义深刻。王方对面前这个少年顿时生出几分赏识。

这个少年便是苏轼。

因为年少才俊，苏轼被王方选为乘龙快婿，将自己年仅十六岁的爱女王弗嫁给了苏轼。才子佳人，珠联璧合，也算得上是一段人间佳话了。

据史料记载，王弗为人"敏而静"，知书达理，秀外慧中。在与苏轼婚后的生活中，王弗总能在一些生活琐事上从旁点拨，对苏轼给予提醒，无论是待人接物，还是诗词赏析，苏轼都能从王弗那里得到不同的惊喜。

苏轼为人豁达，不拘小节，在与客人交往时常会因无心之失而将人得罪。这时，王弗便凝立屏风之后，将苏轼之过谨记，然后婉言相告，言辞凿凿，令苏轼不得不心悦诚服。

贤妻如宝，苏轼所得的更是宝中至宝。

王弗就如同那"唤鱼池"中的游鱼，在苏轼需要的时候便悄然而至。中国现代文人沈从文在念及妻子张兆和的好时，曾感言道："我一辈子走过许多地方的路，行过许多地方的桥，看过许多次数的云，喝过许多种类的酒，却只爱过一个正当最好年龄的人。"

苏轼就像胸怀天下的至尊宝，他所爱上的紫霞仙子正是王弗这种人：明眸皓齿，不可方物，但却沉静内敛，温柔典雅。在那个正当最好的时节，苏轼遇到了他生命中正当最好的人。

可惜，红颜如花，流年似水，人生最难躲开的却是命运的无常。

"天涯流落思无穷！既相逢，却匆匆。"

虽然拥有了绚烂的开始，却没能够走向隽永的结局。王弗的病逝将两个人十一年的幸福终结于此。

但苏轼不知，命运的隐秘正在于它的无可预见，当王弗温润如水的模样似乎还在眼前清晰可见的时候，世事却已"相逢一醉是前缘"了。

生命是一条不断延伸的曲线。在王弗去世的第四年里，苏轼续弦，娶了王弗的堂妹王闰之，也是一个温顺贤良的女子，有着和王弗相似的眉眼。偶尔的恍惚中，苏轼似乎又能看到曾经的幕幕往事。

女人和男人之间的爱情，古今大抵相同，就像一片脆弱的花田，开出一次妩媚的花朵后便会荒芜，然而苏轼却宁愿将荒芜保留，藏在心海。别人不会懂得在他心底那片最深的海里蕴藏了怎样的情感。

王闰之也无法懂得。

但，她不懂，却包容。

王弗祭日的十周年，苏轼梦魂相扰，夜半惊醒。他惶惶四顾，王弗对镜梳妆的样子已经随着梦醒，被四周的黑暗吞掉，伸手一拭，双鬓已被眼泪浸湿，苏轼难掩心中沉痛，下床题词《江城子》：

十年生死两茫茫，不思量，自难忘。千里孤坟，无处话凄凉。纵使相逢应不识，尘满面，鬓如霜。

夜来幽梦忽还乡，小轩窗，正梳妆。相顾无言，惟有泪千行。料得年年肠断处，明月夜，短松冈。

《江城子》

王弗化作思念，淌进了苏轼的血液里，就如同金子一样熠熠生辉，无比璀璨。苏轼深情一片的样子被身后的王闰之看在眼里。

有人说，男人生命最初的那个女子，必定如烟花般绚丽，只是大多注定凋零。

但是，谁能知道，有多少女人在暗夜里哭泣："如果可以，我情愿选择凋零，那样至少能活进你心里，而不是现在这样，看着你守着过去的碎片，却始终无能为力。"

在那样的夜里，王闰之体会得到苏轼的轻叹，也应该可以感受得到自己泪花落地的声音。

岁月毕竟是一条脉脉流淌的河。苏轼也在其中渐渐觉出了王闰之的好，这个女子简单知足，惜福长乐。苏轼的官运并不亨通，尤其是中年之后更显颠沛流离。但那个看起来娇弱无骨的女子王闰之，却始终陪伴着苏轼，走过一段段坎坷的荆棘路，无怨无悔。

她整整守在苏轼身边二十五年，一个女人的一生能有几个二十五年呢？

苏轼几升几降，她却始终不离不弃，苏轼好不容易从旧梦中走出来，伸手想要抓住眼前的光阴时，她却悄然离去。

王闰之的早逝让苏轼在遍地落英中，再次看到岁月的沧桑与残酷。

"万事到头都是梦，休休，明日黄花蝶也愁。"此时的苏轼已过不惑，人生过半，还有什么参不透的呢？对于王弗，他爱得深切，爱得纯粹，他永远记得王弗梳妆的样子，记得王弗嫣然一笑的回眸。对于王闰之，苏轼想来也是爱的，只是迟了那么一点点，在他还没来得及将自己封裹多年的爱解封，还没来得及牵起她的手倾诉自己的爱时，已是"此生此夜不长好，明月明年何处看"。

人生的遗憾也正在于此。

爱妻的亡故对苏轼的打击是巨大的，之后的日子里，苏轼没有再娶妻，而只是由一名叫作王朝云的侍女陪在身边。或许，经历过大爱大悲，苏轼已经没有再爱的力气了。步入暮年的他，只希望"竹杖芒鞋轻胜马，谁怕？一蓑烟雨任平生"。不过可惜，王朝云也是红颜薄命，早于苏轼离开人间。

尘世之苦，莫过于生死离别之痛。

苏轼这一生，苦乐相依，将人间的大悲大喜都品尝到了。对于爱情，他爱过，也失去过，人生一世，还有谁能再比他将失而复得、得而复失的苦楚感受得更深切呢？这三个女子，在苏轼的心里互不相扰，各有各的位置。她们和苏轼相依相伴，不离不弃，无怨无悔，却在生命的渡口诀别。

人生就是一场相遇，每个人都是过客。不管苏轼多么情深义重，生死之后，总还是要失去。但想来，如若没有这些苦，只怕也没有了苏轼日后的词。

苏轼六十六岁时，天下大赦。他在回朝赴任的途中病逝。

年年岁岁，朝朝暮暮，死亡有时候来说，未必不是一种新的开始。

我借一生悟聪明

苏轼一向都被后人赞誉为豪放派的领军人物。在苏轼的作品中，不论是诗词还是散文，都蕴含着磅礴大气之感，令人读后荡气回肠。然而就是这样一位文化造诣颇高者，被柏杨盛赞为"中国文学史上最杰出的明星，也是中国文学史上一位十项全能的人"，却写下了《洗儿诗》这样的诗篇：

> 人皆养子望聪明，我被聪明误一生。
> 惟愿孩儿愚且鲁，无灾无难到公卿。
>
> 《洗儿诗》

众人养子无不希望自己的孩子可以出人头地，聪明伶俐，而苏轼却偏偏反其道而行之，希望自己的孩子愚钝蠢笨。

俗话说女子无才便是德，难道男子无才也是福不成？苏轼能做出这样的论断，完全是依据亲身经历。虽然苏轼本人才高八斗，为万世敬仰，但也正是这八斗高才，害得他一生波折不断。比如就因为给王安石改诗歌，落得个贬职发配的下场。这其中，酸涩苦楚，恐怕是外人所难以理解的。

这样的人生，让他还如何希望自己的孩子聪明呢？但话虽如此，苏轼的才情却是无法刻意掩去的。在他仕途不顺的日子里，苏轼依然有填写诗词的嗜好，虽然这些诗词大多豪气，但也不乏感伤之情夹杂其中。

> 缺月挂疏桐，漏断人初静。时见幽人独往来，缥缈孤
> 鸿影。
> 惊起却回头，有恨无人省。拣尽寒枝不肯栖，寂寞沙
> 洲冷。

《卜算子》

这首《卜算子》是苏轼被贬之后所作。众所周知，苏轼为人刚直，直言不讳，多次得罪当朝权贵，更因为"乌台诗案"深受牵连，被贬为黄州团练副使。

那一次的政治跌宕是他政治生涯一个不小的低潮，但也正是现实生活中的不如意，令苏轼有了创作的灵感。他将对现实生活的不满和对未来、理想的期望都写到了他的诗词中，那段时间是他创作的高潮期。

心有所思，笔有所动，苏轼的这首《卜算子》将他当时所受的不公正待遇和委屈统统诉诸笔下。但仔细品读这首词可以发现，苏轼所表达的这种愤慨并不是慷慨激昂，或是抑郁不能自已，而是一种淡淡的忧愁，这种忧愁徘徊在字里行间。

在苏轼的众多词作中，都可以发现这样一个规律，他不仅写离别之苦、男女相思，而且更多的是放眼社会现实。他将雄浑之风贯穿始终，抑扬顿挫间对词的格局和意境进行了新的洗礼。因此，这种悲情词便成了苏轼词作的闪光之处。

苏轼所感伤的并不是靡靡之音，而是在理性的大框架之下，跳脱出自怨自艾这个狭隘范畴的感情，情愫的基调奠定在深厚的精神基础上。苏轼淡然处之，虽然也有哀伤，但却是适可而止，点到为止，词

首不甚着意，却描画出惨淡的背景。

作为一个从小就接受着封建正规的儒家教育，立志要抱负国家的士大夫，政治上的不断失意自然会引起苏轼情绪上的宣泄和不满，但在苏轼发泄不满的词作中，却看不到他的浮躁。他以孤鸿自比，抒郁郁不得之志。

他在词中写道，残月当头，而所能看见的仅仅是头顶寥寥无几的枯叶。在万籁俱寂的时空下，词人感到孤独万分。这就是苏轼词中所营造的感伤情怀，一种"缥缈于天地间"只可意会不可言传的境界。

"乌台诗案"虽然毁掉了苏轼的官运，但却成就了他在诗词上的造诣。

本来，苏轼少年成名，一直风光无限，他的词在整体风格上也是飘洒自如，充满了豪情壮志。但自从那次受挫后，虽然他的豪情仍在，但之后的仕途有起有伏，毕竟已经回不到当初的风光了。经过是是非非，苏轼的心性已经改变，对自然和人生的感悟也发生了彻底的变化。

虽然苏轼心中增添了悲凉，但他却不是顾影自怜的无用书生，在感慨之后，他将笔锋一转："惊起却回头，有恨无人省。拣尽寒枝不肯栖，寂寞沙洲冷。"一语道出自己的豁达和胸襟。

这个世上没有什么事情能令他心灰意冷，再多的苦难对于苏轼来说都只是浮沉一梦。就如他另一首词所说："世事一场大梦，人生几度秋凉。"

人生几度春夏秋冬，都只是一场梦而已，所有的惆怅都会缓解，所有的悲伤都会消散，就像所有的梦只能自己来圆。这犹如童话《小王子》所描绘，小王子虽然孤独寂寞、令人同情和叹息，但他自身所拥有的坚强和不屈却令人振奋。苏轼也是一样。虽然他的词中饱含对坎坷不平人生路的悲切之情，但他也通过词中所感，告诉人们，人生如梦，不必计较太多。

理想主义的人常常是这样的。他能够认清现实，却又不愿意向现实低头，他会用一些安慰之语劝解别人，而自己则在达观之外，兀自感慨。

大江东去，浪淘尽、千古风流人物。故垒西边，人道是、三国周郎赤壁。乱石穿空，惊涛拍岸，卷起千堆雪。江山如画，一时多少豪杰！

遥想公瑾当年，小乔初嫁了，雄姿英发。羽扇纶巾，谈笑间、樯橹灰飞烟灭。故国神游，多情应笑我、早生华发。人生如梦，一尊还酹江月。

《念奴娇·赤壁怀古》

写这首《念奴娇·赤壁怀古》时，苏轼正值不惑之年，男人四十正是事业的黄金期，可苏轼却因为不公正的社会而被流放。所以，他只能在闲暇之时凄然北望，遥想故人，看似游山玩水，实则是在山水中品咂人生的况味。

一个人，经历越多，越会学着放开。心中虽然凄惶，却不影响豁达地看待人生。

其实，苏轼的词作中有一种固有的情感模式：伤感—感悟—放达。这便是苏轼历经一生磨难而终没被打垮的秘诀。

但是，真正能够做到"感而不伤，伤而不痛，痛而不哭，哭而不苦，苦而不灭"的人，恐怕是世间难寻的吧！

钱塘灯火，照见人如画

宋神宗熙宁七年九月，苏轼接到一纸调令——从温润细雨的杭州前往密州上任。寒风寒雨的深秋时分，苏轼抵达密州，数月之后便是上元节，即元宵节，是个团圆的节日。

那时的苏轼经历过与至亲之人的生离死别，经历过仕途路上的风雨变幻，这人世间的事情还有什么是他所畏惧的呢？只怕就是这团圆之夜的形单影孤了吧？原配王弗早逝，续弦王闰之先他而去，身边只留下了侍女王朝云。

与苏轼有缘的女子皆姓王，不知道是不是苏轼与王姓女子之间的缘分特别深厚。如若深厚，为何她们全都浮云散去，这究竟是苍天对他太薄还是太厚？怀着心中难言的情愫，在来到密州次年的正月十五元宵佳节，他写下了这首《蝶恋花》，人虽在密州，词中所写却还是杭州钱塘。

灯火钱塘三五夜，明月如霜，照见人如画。帐底吹笙香吐麝，更无一点尘随马。

寂寞山城人老也！击鼓吹箫，却入农桑社。火冷灯稀霜露下，昏昏雪意云垂野。

《蝶恋花·密州上元》

这是一首回忆的词。苏轼的词中多有传世佳句，而这首词中的"灯火钱塘三五夜"虽然平淡，却是极为勾人心弦。苏轼在杭州任职有三年之久，而那三年之中的元宵夜总是有王朝云陪伴左右，王朝云虽是侍女，却尽着妻子的义务。

苏轼虽然依然在朝为官，但因为政治立场的不同，总是受人排挤，文人性情高雅，自然不愿巴结奉承以换得自身的飞黄腾达，所以苏轼过得并不如意。所幸的是王朝云一如既往地追随着他，从未离弃，也毫无怨言。

都说男子的心胸宽如大海，其实女子又何尝不是呢？苏轼在落魄后，身边的人一个接一个地离开他，毕竟何时何地的人都是以"现实"二字为处世准则，唯有朝云从不言苦。而今上元灯节，本应是朝云陪同左右，但却因为任期匆匆，而未带朝云同往密州。

"明月如霜，照见人如画。"今夜的灯火最明，月光更亮，仰头望去，那隐约躲藏在月亮轮廓后面的影子似乎与朝云无二。王国维谈论诗词，总说"能写真景物，真情感者，谓之有真境界"。而东坡遣词造句便是能出大境界的，那种境界清新可人，犹如两情相悦之人初见时的心头悸动，懵懂而令人喜悦。其实早在这首《蝶恋花》之前，苏轼在杭州时就曾写过一首同词牌名的《蝶恋花》词：

花褪残红青杏小，燕子飞时，绿水人家绕。枝上柳绵吹又少，天涯何处无芳草！

墙里秋千墙外道，墙外行人，墙里佳人笑。笑渐不闻声渐悄，多情却被无情恼。

《蝶恋花》

整首词激情四溢，语言回环流走，是为了感叹春光易逝、佳人难见而作的一首小词，而这首才情横溢的词则正是为了王朝云所写。

苏轼虽开创了宋词的先河，风格善变，是词之大家者，然而在生活中，他却是寂寞的，心头总是萦绕着千头万绪的烦恼，正如他自己在词中所感一样，"多情却被无情恼"。想来东坡一生也是多沉迷于回忆之中。

清朝文人王士　认为："'枝上柳绵'，恐屯田（柳永）缘情绮靡，未必能过。"苏轼的词中多体现韶秀的词风，这是人尽皆知的。苏轼在宋词史上的地位无人能及，谁能写出"敛尽春山羞不语，人前深意难轻诉"这样的婉转倾诉，谁能写出"明月几时有，把酒问青天"这样的奔放豪迈，还有谁能写出"试问岭南应不好，却道，此心安处是吾乡"这样的淡然心境。

但是谁又能有他这般寂寞，一个生活在千年前的男子，在一个阖家团圆的日子里，站在火树银花的喧闹之夜，静静地思念着他远在异地的红颜知己，想着王朝云与他一起和词，为他吟唱那首《蝶恋花》。

"晓来谁染霜林醉，总是离人泪。"这是《西厢记》中的一句话，也可以将苏轼而今的心境囊括。分别总是令人苦痛的，而苏轼从锦衣玉食的富贵中走到冰冷如霜的现实来，又是经历了怎样的悲苦？在王朝云为他所提之词落泪悲戚时，苏轼也只能是强颜欢笑为她打开心结道："是吾正悲秋，而汝又伤春矣。"

烟花寂寞，人亦寂寞。所遭遇的都是无可奈何的人情世故，也曾富贵无忧，也曾恩荫入仕，只是那段年华已然翻过，世事变了，人事也随之改变了，不变的只有头顶的圆月和不在身边，却似一直在身边的人儿。

明月如霜，好风如水，清景无限。曲港跳鱼，圆荷泻露，寂寞无人见。紞如三鼓，铿然一叶，黯黯梦云惊断。夜茫茫、重寻无处，觉来小园行遍。

天涯倦客，山中归路，望断故园心眼。燕子楼空，佳人何在，空锁楼中燕。古今如梦，何曾梦觉，但有旧欢新怨。异时对，黄楼夜景，为余浩叹。

《永遇乐》

彭城夜宿燕子楼，梦盼盼，因作此词。

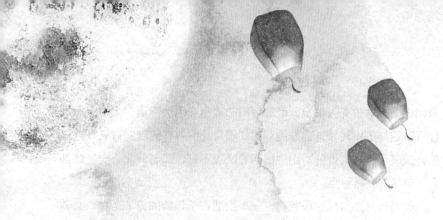

　　在这上元之夜，月圆人团圆的时候，这位年逾四十的男子在闹市中闲庭信步，耳畔响着孩童的欢笑声，自己的寂寞却独独无人可见。头顶的夜空像是舞动起来的水袖，细致波动，将他深藏眼眸深处的那抹黯然也拂了出来。

　　很多人认为，苏轼是奔放豪迈的，因为他的词大多气吞山河，不羁于青山绿水间，然而苏轼也是一个有七情六欲，骨子里有着似水柔情的男子。民国时期的张爱玲因为爱上了才子胡兰成，这个才情甚高的民国第一女子竟然内心惴惴不安，在给胡兰成的信中写道："遇到你，我就矮到了地面上，然后卑微地开出花朵来。"

　　苏轼才华横溢，面对情感，却也一样手足无措，是否所有才气太高的人都因为心思太过缜密，从而竟然不如一般人应对感情那样从容？不论如何，苏轼在不停的贬职和流放中，依然没有将这点磨损掉。这也成就了他日后在词坛的地位。

　　苏轼的失意中不乏狂傲。他宁愿憔悴老青衫，也依然要自疏狂异趣，只待到流年散尽，他才肯停下途中的脚步。人生如果真的是清梦一场该多好啊！那样的话，就不用在臆想中安慰自己，只要酒醉之后大睡一场，醒来后，依然花是花，雾是雾。然而世事多坎坷，就像夜空中的明月，圆缺有时，非人所能掌控。

　　不过苏轼一生大起大落，大喜大悲，人生际遇十之八九他都经历了。总算此生无憾，不枉在人间走了一遭。只待下一个上元节，清风拂面，圆月当头，再来辞章中尽诉心中离愁别绪。

凡尘不过云烟一场

在苏轼的许多作品中都能看到他对于禅宗的理解与体会，而同一时代的高僧佛印，则是苏轼参禅佛理的好伙伴外兼好对手。关于他二人参禅的典故很多，其中一则便是二人在参禅之时，苏轼问佛印："你看我像什么？"

佛印回答："我看你浑身金光闪闪，像一尊金佛。"接着佛印反问苏轼："那你看我像什么？"

苏轼试图捉弄佛印，便故意回答道："我看你像是一堆牛粪。"

而佛印也并没有反驳，反而是很认真地点头回答道："如果这样，看来我还需再加修炼。"

苏轼回家得意地告诉他妹妹苏小妹，说他今日参禅赢得佛印无话可说，苏小妹问清缘由之后，笑着对苏轼说："哥哥，其实是你输了，佛印心中有佛，所以看你才像佛，你看佛印像牛粪，那可见你心中装的是什么了……"

这只是一个关于苏轼参禅的小故事，真假还值得商榷，不过由此可以看出，苏轼对于佛理的热爱和专注不一般，而且在苏轼的人生后期，因为人生际遇的跌宕和坎坷，他对佛理的参禅甚多，还将这种他自己对佛的见解融汇到了他的诗词之中，例如这首《水龙吟》：

似花还似非花，也无人惜从教坠。抛家傍路，思量却是，无情有思。萦损柔肠，困酣娇眼，欲开还闭。梦随风万里，寻郎去处，又还被、莺呼起。

不恨此花飞尽，恨西园、落红难缀。晓来雨过，遗踪何在？一池萍碎。春色三分，二分尘土，一分流水。细看来，不是杨花，点点是离人泪。

《水龙吟》

　　纵观全词，苏轼从细微虚处着笔，化"无情"之花为"有情"之人，二者相得益彰，引人入胜，就如同王国维在他的《人间词话》中说的那样："苏词和韵而似原唱，章词则原唱而似和韵了。"这是对苏轼词的褒奖，而在苏轼的词中，意义深刻的还有他所写进去的佛理和禅意。张炎的《词源》曾对苏轼的这首词做过评价，认为这首词十分之奇特，奇在缘物生情，以情映物，使得情物交融而至浑化无迹之境。这都得益于苏轼对于佛法的理解和融会贯通。其实说到了苏轼对于佛学的理解，不得不提起在当时的中国，佛家对古代文人骚客的深厚影响。

　　孔子曾言道："道不行，乘桴浮于海。"说的便是古代那些胸怀天下抱负的文人，有着济世之才，却无施展之地的内心波动。在他们的内心深处，虽然对俗世有着种种的向往，但对于庄子等人笔下的逍遥境界也是无不向往，对于佛家所讲的"一切有为法，如梦幻泡影"的内心平静更是十分期待。但苏轼却是古往今来的这些文人骚客中，唯一能够将儒道佛三家融会贯通于一起的文学家，东坡的笔下，写不尽的不但是世间百态，还有思想巅峰上的那一颗颗璀璨明珠。

　　苏轼的诗词就好像盘古开天地一般豪放自如，行云流水，空灵隽永，读起来也是颇为享受。他的诗词中所表达的佛道思想则更是为他的词注入了一股清流，洗涤世人混浊的眼球。

　　世事一场大梦，人生几度秋凉。夜来风叶已鸣廊，看取眉头鬓上。

　　酒贱常愁客少，月明多被云妨。中秋谁与共孤光，把盏凄然北望。

《西江月》

这首《西江月》是苏轼在境遇不佳之时所作，但从词中却能看出对于目前的状况，苏轼并没有被吓到，虽然苏轼后半生的道路在被贬之中，失去的越来越多，但他却并没有因此而消沉，反而是在这无限的不幸中体悟到了人生的原本面目，在仓皇之中明了了生命的意义。

人生并不是为了追寻富贵名利，而是度过就好，所以在开篇苏轼就写道："世事一场大梦，人生几度秋凉。"这是他对自己而言，也是对世人而说。在荒芜的生活中，苏轼并没有如同那疯长的荒草一般将自己放任于天涯海角，而是在多舛的命途中旷达从容地品味苦乐酸甜。

如果说生活是一口大染缸，那么苏轼的词无疑就是清洗染缸的清泉，令后人在悠然自得的行文中看到当时词人放达的情怀。《庄子·齐物论》中有道是："且有大觉，而后知其大梦也。"说的便是苏轼这样认为世间不过梦一场的理论。而李白在他的诗作《春日醉起言志》中也写道："处世若大梦，胡为劳其生。"可以看出，在世代文人的笔墨之下，对于人生如梦的这个论调保持着一致性。

苏轼虽然认为人生如梦，但他依然能将窘迫的生活过出滋味来，正如同他在落魄之时所写的一首诗《纵笔》中提到的那样："白头萧散满霜风，小阁藤床寄病容。报道先生春睡美，道人轻打五更钟。"在清新的言语中可以看到一种从容淡定之美，可知苏轼因为参禅佛理已经对世间的事情有所超越了。

在苏轼的词里，凡尘不过云烟一场，不值得为此伤神，这是苏轼词作的格调和脱离凡尘的特色，也正是苏轼研究佛道思想的必然结果，正如《坛经》中所说："本性是佛，离性无别佛。"苏轼的目光已经不再局限于表面事物，所以他才能对人生有了如此高深的见解。

从他的词作中也可以看出这种逐渐提升的人生境界来。

莫听穿林打叶声，何妨吟啸且徐行。竹杖芒鞋轻胜马，谁怕？一蓑烟雨任平生。

料峭春风吹酒醒，微冷，山头斜照却相迎。回首向来萧瑟处，归去，也无风雨也无晴。

《定风波》

佛家的淡然境界是苏轼的为人之道，他深谙月圆月缺是自然之理，不可避免，所以人生的盈亏自然也是随缘的好。回首前尘，恍如隔梦，强求又能如何？

这一生，为谁辛苦为谁忙：姜夔

姜夔乃南宋词人，号白石道长。他布衣终老，屈居食客，却得朋友以礼相待，在当时颇负盛名。他一生虽多穷困，却也总得他人扶持不至于孤苦无依；虽少时丧父但后来境遇却较为平顺。他的词风清远、悠长，更以一首《扬州慢》传唱千古。

从布衣开始，以布衣结束

宋孝宗淳熙三年（1176 年）的冬至时分，姜夔因事路过扬州，而扬州本是座清如霜水的城市，浓墨重彩地氤氲出一座如梦似幻的灵秀之地，却在战争的洗劫之后萧条异常。追忆起昔日的繁华，再看今朝的荒凉，姜夔发出叹咏，写下了一首《扬州慢》，从此千古传唱。

淮左名都，竹西佳处，解鞍少驻初程。过春风十里，尽荠麦青青。自胡马窥江去后，废池乔木，犹厌言兵。渐黄昏，清角吹寒，都在空城。

杜郎俊赏，算而今、重到须惊。纵豆蔻词工，青楼梦好，难赋深情。二十四桥仍在，波心荡、冷月无声。念桥边红药，年年知为谁生。

《扬州慢》

词为伤情而作，令人感怀。当过去的一切已作风流云散去的时候，面对今日的萧条该做何反应？姜夔看到桥边绽放正艳的红药花，鲜艳欲滴，那刺目的红色就像是这个朝代淡灰色主色调上不协调的一笔，突兀在那里，时刻提醒人们，花开依旧，人事全无，待到明年这个时分，再来看花的人又会是谁，而这里又是何种景象？

王国维曾说姜夔的作品"格调虽高，终虽隔一层"，批评他的诗词"有格而无情"，而每当读到"青楼梦好，难赋深情"之时，这首《扬州慢》真是要将心生生地搅痛，如此沁入心脾的悲情，何故会被认为无情呢？其实诗词赏析全看赏析者自己的口味，在我觉来，姜夔之词不但有情，还有情之大义在其中。

翻翻史料可以看到，姜夔一生以布衣开始，以布衣结束。但实际上，他并不是一个真的淡雅到如此不看重功名的人，毕竟在那个时代，能够考中榜首不只是光宗耀祖，光耀门楣，还可以解决温饱，解决生计。否则，一介文人，手不能提，肩不能挑，除了谋个官职，还能做什么？

但是，上天为你开启一扇门时，定会为你关上一面窗。

上天是公平对待每一个人的。老天给了姜夔无与伦比的才情，让他的才华倾倒众生，令日月无光，却难遇伯乐，知音甚少，事实残酷的一面令他的才能都变得毫无意义。

姜夔是自负的，同时他也是不自信的。他不确定自己在这个世界上究竟能占何种地位，他的才情并不被人们所需要，他一生都在哀叹："嗟呼！四海之内，知己者不为少矣，而未有能振之于窭困无聊之地者。"

功名的求而不得，也注定了姜夔一生依附权贵的命运。想要到达一定的高度，自己有心无力，便只能借助他人的能力。可是文人的清高和孤傲，姜夔又是一样也不缺。他虽然有心成就名利，但却做不到小人势利，所以，他一生贫病交加，孤苦无依也是早已注定。

桥边红药，山下盈盈

君子最后的气节在他体内迸发出来，决绝地开枝散叶，这是他坚守在人性的最后阵地，姜夔一直没能获得坦荡仕途，这种决绝的姿态竟然也令他成了烈士，独守着壮烈之美凄凄度日。

燕雁无心，太湖西畔随云去。数峰清苦，商略黄昏雨。

第四桥边，拟共天随住。今何许？凭阑怀古，残柳参差舞。

《点绛唇·丁未冬过吴松作》

这是姜夔词中为数不多的大气象作品，包容自然、人生和时代历程，将他与整个时代的融合浑然一体。上阕所写，是姜夔俯仰天地的感受，首句"燕雁无心，太湖西畔随云去"写出了自己的心性就如同天地间翱翔的大雁一般，自由无依，随着太湖湖畔的流云四处云游，随云开云散。

姜夔对自己漂泊江湖做了解释，他说自己游走江湖是随心而动，然而究竟是无心之为，还是身不由己呢？下阕的语境，写出了姜夔对古今历史的观点："第四桥边，拟共天随住。今何许？"姜夔自由的心性想来是不甘寂寞的，看过了太多的世事纷扰，他也只能凭栏怀古，在柳絮纷飞的时候聊以自慰。

姜夔作为男子，若要以成败来评断他，可以说除了诗词上面的成就，他一生失败极了。他杰出的才华并未给他带来好运，而他却偏偏不肯老实承认事实的残酷，还非要打肿脸充胖子地自嘲道："越只青山，吴惟芳草，万古皆沉灭。"

就像童话中那只吃不到葡萄却说葡萄酸的狐狸一样，姜夔每每谈

及事业，就要说类似于"谙世味，楚人弓，莫忡忡"这样的话来为自己开脱。算了吧，既然在一条蒿草丛生的道路上看不到希望，又何必执着不放呢，佛家有云曰："回头是岸。"

这并不仅仅是劝阻那些犯下罪孽的人，对于在尘世大海之中苦苦挣扎的人也同样适用，在人间游荡了一生，依然无法找到一个自己想要的落脚点，与其在大海之中力竭身亡，不如及早抽身，尚可保全性命。姜夔注定了是一个无怨无悔的人，他偏偏要在看不到前路的方向上前行，也许对他来说，只要追寻，便意味着意义。对于姜夔这样的人，已是不知该如何评定，他一手好词，却生不逢时，或者说是难遇伯乐，就像他所咏叹的那样，自己就是桥边年年绽放鲜艳的红药，年年开，却不知是为谁而开。

这样的姜夔令人扼腕的同时，也令人叹息，性情如此倔强的人对待爱情又是何种态度呢。对于姜夔的爱情世人多有猜测，料想他必定也是个多情之人。

相传姜夔在三十岁的时候，在湖南结识了千岩老人萧德藻。萧极爱其才，认为"四十年作诗始得此友"，于是妻之以侄女。

而姜夔对这名女子却并无多少爱恋，从他生前不断游走大江南北，与妻子之间的聚少离多可以看出，他对这名女子并没有多少感情，或许是因为感激千岩老人的提携，他才娶那名女子为妻，或许是别的原因，总之姜夔对他的妻子全无情意，以至他这样一位大词人，竟然鲜有诗词写到夫妻之情。

然而姜夔对原配无义，却另有意中之人，他与一名合肥女子的爱情故事令无数人羡慕。该女子与姜夔有过一段不可磨灭的恋情，这令姜夔回忆一生，然而女子却是青楼中人，沦落风尘。这又为这个爱情故事添上了一抹悲剧色彩，注定他与这名女子之间是无法厮守终生的，之后二人为何分离已不得而知，但是姜夔对这名女子的爱恋之深已经到了无以复加的地步，他专门为此写过一首词，来凭吊他这段有始无终的感情。

好花不与殢香人，浪粼粼。又恐春风归去绿成阴，玉钿何处寻？

木兰双桨梦中云，小横陈。漫向孤山山下觅盈盈，翠禽啼一春。

《鬲溪梅令》

山下觅盈盈，美人不见，好花难寻。那小横陈的美人，在梦中荡漾着双桨，娇憨妩媚，让人心动不已。但缘起缘灭，本就是一个诉说不尽的话题。

在一年春草重生的时候，他们永远分离。虽有哀痛，但也是轻谧的，好像他们当初的相遇一般。

从此天涯海角，年年月月，谁在为谁绽放，谁在为谁等待，似乎都不再重要了。

休提！

一树梨花压海棠：张先

张先，字子野，与柳永齐名，擅长小令，偶尔也作慢词。词意含蓄，常常以男欢女爱为题材，情味深婉。因写过"心中事，眼中泪，意中人"的名句，被人称为"张三中"。

又因常常列举自己平生得意之句"云破月来花弄影"（《天仙子》），"娇柔懒起，帘幕卷花影"（《归朝欢》），"柳径无人，堕絮飞无影"（《剪牡丹》），后又将最后一句改为"柔柳摇摇，坠轻絮无影"，三句皆有"影"字，世称"张三影"。

虽称"三影"，但他最为著名的还是那首《天仙子》：

水调数声持酒听，午醉醒来愁未醒。送春春去几时回？临晚镜，伤流景，往事后期空记省。

沙上并禽池上暝，云破月来花弄影。重重帘幕密遮灯，风不定，人初静，明日落红应满径。

《天仙子》

这首词不但是"张三影"的代表作，也是北宋词坛的惊世名篇。

张先那天在家听歌吃酒，结果举杯消愁愁更愁，闷闷地睡了一觉，起来后酒是醒了，闲愁还是闷在心里无处消散，于是，引出了更多的伤感。

"送春"，送的只是四季的交替；而"春去"，去的却是大好的青春年华。感伤流年，原来正是因为迢迢往事被清晰地记住，其情思之绵长，铺叙之委婉，极尽惆怅动人之能事。

天色渐晚，水禽并眠在池边休息，暮色低垂，渐覆大地。忽然一阵晚风，吹开了云层，露出了朦胧的月光；而在这月色渐浓的时候，园中小花也渐渐抖动，月光斑驳，花影婆娑，在光阴的流逝中忽然瞥见那一缕春意盎然的微光，令张先的情思不免异常矛盾。

转身回到屋中，拉上重重帘幕，风更大了，世界终于安静下来了。这样的风，明天又会吹得落花满院了吧。

一句"云破月来花弄影"犹如流年中的一簇火花，在哀愁中透露出片刻舒展的芬芳。难怪王国维先生在《人间词话》中评论遣词造句时说，一个"弄"字意境全出。天上地下月色花影，在瞬间拥有了灵性，令人心生怜爱。所以，张先常常以此句为荣，对"张三影"的称呼更是十分受用。

文人多喜"雅趣"，有三两个小绰号不足为怪；但在宋代文坛，对此毫无芥蒂的却并不多。山抹微云秦学士，露花倒影柳屯田，也都是一段段文史佳话。

当然，张先的趣事中，最为人津津乐道的莫过于"老夫少妻"的风流。

张先耄耋之年，仍然十分风流，八十岁的时候竟然娶了十八岁的一个美女为妾。苏轼和朋友们得知后，前去拜访，并赞叹张前辈得了这样好的一个娘子，不知道有何体会？

张先十分高兴，出口成章："我年八十卿十八，卿是红颜我白发。

与卿颠倒本同庚，只隔中间一花甲。"正所谓，看热闹的不怕事大。苏轼听后，连声叫好，当即和诗一首："十八新娘八十郎，苍苍白发对红妆。鸳鸯被里成双夜，一树梨花压海棠。"

苏轼这首诗摆明了是在调侃张先"老牛吃嫩草"，好在张先为人虽风流，却也豁达，不以为忤，还哈哈大笑。

更令人瞠目结舌的是，张先后来竟然以八十五岁高龄再次纳妾，震惊整个北宋文坛。

苏大学士再次赠诗曰："诗人老去莺莺在，公子归来燕燕忙。"言外之意：老张你这年龄很快就要见阎王了，等你老死的时候，小媳妇照样嫁正当年少的公子哥儿，总不能让人家年纪轻轻就守寡吧！张先这人说来也奇怪，不但不生气，好像还和了一首诗，跟苏轼说："我也就是找个做伴的。"

风流是一回事，但这良好而又平和的心态，实在值得后人学习。

在张先的诗词中，从此流传下来的就不仅仅是他的佳句"云破月来花弄影"了，还有苏轼送给他的名句"一树梨花压海棠"。这句诗，以梨花比喻苍苍白发，以海棠比喻少女红颜，写得惟妙惟肖，楚楚动人；既有欺凌的架势，也有娇羞的柔美，深得后世推崇。

张先一生富贵，琴棋书画，诗酒文章；生活的重心大抵都是爱情。有意思的是，他不但坚持自己的风流，还始终坚决支持别人的快活。这样说并不是毫无根据的。相传，大宰相晏殊在做京兆尹的时候，张先就在他的手下做通判。晏殊非常欣赏张先的才华，所以每每置酒招之，必令一个侍妾陪酒，还命她当场演唱张先的词曲。这不仅是对张先的肯定，也暗示了对侍女的宠爱。日子久了，大老婆怒了，便差人把侍女撵走了。侍女走了以后，晏殊终日闷闷不乐，觉得生活实在缺乏情趣。

忽然有一天，张先来晏殊家里做客，填了一首《碧牡丹·晏同叔出姬》，以侍女的口吻写自己如今憔悴的心情。晏殊令官妓当场演唱，唱到结尾"望极蓝桥，但暮云千里。几重山，几重水"，晏殊面色凄凉，深情悲切，不禁感叹："人生行乐耳，何自苦如此！"随即命人拿钱赎回了侍女。

可见，张先以风流之心推己及人，将一首情词唱到了晏殊的心里。他以情动情，令晏殊幡然醒悟，勇敢地追求自己的爱情。

只是不知道，那晏殊夫人是否恨死了张先。

说了张先的糗事一箩筐，让人觉得好像他只会风流一样，其实不然，张先的词上承花间下启苏轼，是宋词发展中的重要一环。陈廷焯在《白雨斋词话》中评价为："张子野词，古今一大转移也。"他的词作蕴意凝练，情感饱满，"才不大而情有余"，是婉约言情类的高手。

《千秋岁》便是个中翘楚：

数声鶗鴂，又报芳菲歇。惜春更把残红折。雨轻风色暴，梅子青时节。永丰柳，无人尽日花飞雪。

莫把幺弦拨，怨极弦能说。天不老，情难绝。心似双丝网，中有千千结。夜过也，东窗未白凝残月。

《千秋岁》

这首小词上下阕语意贯通，表达了爱情受阻的幽怨和坚定不移的决心。"天不老，情难绝"既化用了李贺的"天若有情天亦老"，又别出自心，肯定了天不会老，深情也不会断绝的信念。其中"心似双丝网，中有千千结"更是发挥了谐音的妙用，"丝"恰好暗示了"思"，寸寸相思，结成紧密的网，任谁也破坏不了。

张先一生官运不算通达，但也还算顺当。他官位不高，一直做郎中，但能够坚持到退休，也算善始善终。衣食丰足，风花雪月，写自己的词，享受自己的爱情，人生还有什么能够比这更快活的呢！

醉卧花市，月夜灯如昼：欧阳修

传统习俗里，中国的"元宵节"既有狂欢节的喜庆，也有情人节的浪漫，更有"合家团圆"之意，内容丰富，含义深刻。

古人吟咏"元宵节"的诗词更是比除夕的还多，佳作迭出，令人目不暇接。

> 去年元夜时，花市灯如昼。月上柳梢头，人约黄昏后。
> 今年元夜时，月与灯依旧。不见去年人，泪湿春衫袖。
>
> 　　　　　　　　　　　　　　　　　　　《生查子》

这首《生查子》是欧阳修的代表作。（也有人认为是朱淑真所作，或曰秦观作，均不可考。）词作通过主人公对"去年""今日"的怀念和追忆，写出了物是人非之感，今昔对比，似乎是受唐代诗人崔护《题都城南庄》的启发。小词叙事清晰，构思巧妙，如上等香滑巧克力，入口即溶，绵绵情意唇齿留香。

在中国古代，"元宵节"相当于情人节，宋朝更是放长假五天。《岁时杂记》云："自非贫人，家家设灯。"可见欧阳修的"花市灯如

昼"所言非虚。但看那"月上柳梢，人约黄昏"实在不像在人山人海的城里赏灯，倒像是青年男女的幽期密会。上阕至此戛然而止，言有尽而意无穷，如水穷之处坐看云起……只在下阕"不见去年人，泪满春衫袖"中约略可推断出当年甜蜜约会的场景。

月、柳、花灯，繁华并起一如往昔，却再也寻不到去年的佳人，怅然若失犹如一曲人生咏叹调。

　　把酒祝东风，且共从容，垂杨紫陌洛城东。总是当时携手处，游遍芳丛。

　　聚散苦匆匆，此恨无穷。今年花胜去年红。可惜明年花更好，知与谁同？

《浪淘沙》

抚今追昔，时光交错，故地重游，这似乎成了欧阳修词作中的一个基调。这首《浪淘沙》又是一例。

据词作分析，去年此时，把酒祝东风，欧阳修和朋友同游洛阳城东，垂柳依依，携手游春，无限从容。可惜，别后重逢再难聚，今年花更红，却不知此番分别，何时才能再聚。明年即便花开更艳，也不知该与谁同行赏春。赏春之时不免留下伤春之感。后人赞此词"深情如水，行气如虹"。作为一代文史大家，欧阳修的文与人，似乎也都兼具了这两点特征。

在任何一个朝代，最有名气的文人，必定是文章写得最好的那个。所以，在苏轼还没有成名前，欧阳修无疑是文坛泰斗。

在苏轼兄弟双双中进士不久，一次偶然的机会，欧阳修读到了苏轼的文章，慧眼识珠，认定苏轼将来必将一代风流。"吾老矣，当放此子出一头地。"此言落地后不胫而走，一时引为文坛佳话。

如欧阳修这等文坛盟主，有很多人都不愿意退居"历史二线"，于是打压后辈，以便巩固其地位。而欧阳修却从不如此，他曾经在和儿子论文章的时候，提到苏东坡，认为三十年后，便无人再提起自己，大有"只知东坡，不知欧阳"的悲凉。可尽管有此先见之明，欧阳修却依然扶持后辈，曾巩、王安石等身为布衣的时候，都曾得到了欧阳修的提携与赞赏。

欧阳修少时家贫，母亲以获画字，教他读书。他天资聪慧，且勤勉好学，一生从不自满，不耻下问，加上胸襟坦荡，终成一代文豪。

李白斗酒诗百篇，苏轼也不例外。魏晋时期的阮籍更是一喝一醉，常常连月不醒。而宋朝的酒业似乎尤其发达，一是经济比较发达；二是政策比较宽松，士大夫酒后闹事估计也没什么大不了；三是宋朝的皇帝都比较爱喝酒，"杯酒释兵权"，都是海量之人，喝多少也不糊涂。所以，欧阳修有诗云，"一生勤苦书万卷，万事消磨就十分"，所以不禁感叹"人生何处似樽前"！

到底什么才是真的人生，恐怕每个人的回答并不相同。但把酒言欢、及时行乐无疑是其中最为畅快的一种。

欧阳修一生宦海沉浮，几经贬谪，流年岁月，再次钱别知己，人生感慨不免脱口而出，遂留下酒中佳酿《朝中措》：

平山阑槛倚晴空，山色有无中。手种堂前垂柳，别来几度春风？

文章太守，挥毫万字，一饮千钟。行乐直须年少，尊前看取衰翁。

《朝中措》

　　首句开篇写景，拔地而起，有凌空突兀的气势。手种垂柳有对生活琐事的深情，"枝枝叶叶离情"，不知道已经过了多少个春秋。几度春风几度霜，深婉细腻处更添豪放。下笔如风，一饮千钟，太守才气纵横、满腹豪情，都栩栩如生跃然纸上。结尾处劝人劝己，以现身说法，奉劝诸位"行乐直须年少"，似有莫等闲，白了少年头之意。另有一说，欧阳修劝告年轻人，宦海挣扎，须早做打算，"成名需趁早"，但此意与作者词旨相去甚远。

　　结尾"衰翁"两句，确有时光易逝之感慨，虽貌似消极，但通读全词，却有苍凉豪迈之情、顿挫之感，词意渐渐开阔。这一杯酒，喝得醉卧红尘，笑谈千古人生事，虽为醉言醉语，却实在吟诵得情真意切。欧阳修为人为官，光明磊落，酒后沉醉，也丝毫不辱才名；斗酒填词，留下一座"醉翁亭"，供后世瞻仰。

　　"庭院深深深几许……乱红飞过秋千去。"对于春天的伤感、怀念，和着故地重游，人面不知何处的感慨，不免发出"如此春去春又来，白了人头"的叹息。作为一代文豪，他为文坛留下了太多华美的词作，然而，却没人知道"月上柳梢"之时，他约了哪一个姑娘元夜重逢。

　　后人常常知道封建社会如何封建，却并不知道古代生活也有许多的解禁和欢笑。

　　在宋朝，上元夜的青年男女可以随意选择自己的心上人，一旦两情相悦，就会如欧阳修所说"人约黄昏后"。柔情蜜意哪怕只有一个良宵，也没人会在意这个小小的"错误"。

　　可是，恰恰是那个美丽的女子，不知如何风情万种，惹得欧阳修一生惦念。

　　她也许永远也不会知道，曾经一个繁华的元宵节，与她擦肩而过的情郎，写下千古名篇，只为纪念那一夜的柔肠与风流。

山抹微云秦学士：秦观

　　山抹微云，天连衰草，画角声断谯门。暂停征棹，聊共引离尊。多少蓬莱旧事，空回首，烟霭纷纷。斜阳外，寒鸦数点，流水绕孤村。

　　销魂。当此际，香囊暗解，罗带轻分。谩赢得、青楼薄幸名存。此去何时见也，襟袖上，空惹啼痕。伤情处，高城望断，灯火已黄昏。

《满庭芳》

　　这首《满庭芳》开篇以"山抹微云，天连衰草"起笔，犹如一副精致工整的对联，既勾勒出天光云影的情致，也显示出作者心灵的秀巧。上联一个"抹"字，说得粉嫩、轻巧，如登台"献丑"，总需对镜梳妆一番。下联一个"连"字，有"黏合"之意，却不需黏合那样用力，只微微地搭着，便对接得恰到好处。当代作家韩少功有散文说："远处海天相接，不知道是天染蓝了海，还是海融化了天。"似乎与此恰有异曲同工之妙。

在这样虚幻迷离的景致里，"多少蓬莱旧事，空回首，烟霭纷纷"，回望前尘，往事如烟，如烟霭纷纷，恰如开篇一抹微云，前后呼应成趣。而"斜阳外，寒鸦数点，流水绕孤村"三句更是写尽人间惆怅事，画尽人间无限情。

斜阳、寒鸦、孤村，每一个词都看似闲笔，可读起来却满纸薄凉。所以周汝昌先生曾说元代马致远著名的《天净沙》即由此意境化出："枯藤老树昏鸦；小桥流水人家；古道西风瘦马。夕阳西下，断肠人在天涯。"同样的景致铺排，一样的凄凉孤寂，极美又极惨淡。

下阕忽然转入"销魂"，遥想定情之日，罗带轻解，香囊相赠，何等情深义重。不料想，如今却留下薄情郎的名声。此去一别，不知何时才能相见，襟袖上，只留下情人的点点泪痕。最后三句，写得尤为悲凉。回头远望，一灯如豆，漫入无边的黄昏。"伤情处"，意境全出，任是无情也动人。

这首佳作历来被人所赞赏，苏轼戏称"露花倒影柳屯田，山抹微云秦学士"，说的正是这首词的作者秦观。

秦观是著名的"苏门四学士"之一，字太虚、少游。因生性豪爽，洒脱不羁，才情纵横，颇得苏轼赏识。秦学士才华横溢且温柔多情，写得一手好词，所以，关于他的"绯闻"自然也遍地流传。其中，当属和苏小妹的传闻最为活灵活现。

相传，苏小妹为苏轼的妹妹，自然也是饱读诗书的才女。秦观年轻有为，自然也想一睹芳容，于是装扮成道士，前去瞻仰。见到苏小妹后，发现虽不算妖娆，但气质清幽，全无半点俗韵。一时兴起，和苏小妹隔空对诗。他们语言交锋之际，爱情火花四溅，对彼此的才能也算了然于心。及至秦观登科后，方才与苏小妹完婚，成就了一段才子佳人的传奇。

然而，传奇虽然奇妙，却始终当不得真。历史上到底有没有苏小妹这个人也尚无定论。但是，从秦观的词作来看，大抵是没有的。即便有，嫁的肯定也不是少游。

秦观在《徐君主簿行状》一文结尾处曾经提到："徐君女三人，尝叹曰：子当读书，女必嫁士人。以文美妻余，如其志云。"除了曾经如此轻描淡写地提了一句正妻徐文美之外，任何作品都再无提及。这一点颇值得玩味。因为秦观一生存词四百余首，其中艳词占了四分之一，多数表达的都是和青楼女子的感情。用钱钟书先生的话说，这些都是"公然走私的爱情"。

然而，在世俗眼中薄情寡义的青楼上，在逢场作戏的推杯时，人毕竟也有情动于衷的感慨。有时候爱情就是这样短暂的吧。

所谓爱情，其实每个人的理解都不大一样：苏轼、贺铸和妻子的相濡以沫；陆游和表妹的两小无猜；虞姬拔剑自刎的悲壮……所有的故事都不能千篇一律，就像所有的爱情，人们无法定义哪一种最为心动。但无论哪一种爱情，不可否认的是，秦观乃宋词言情派翘楚。

纤云弄巧，飞星传恨，银汉迢迢暗度。金风玉露一相逢，便胜却人间无数。

柔情似水，佳期如梦，忍顾鹊桥归路。两情若是久长时，又岂在朝朝暮暮。

《鹊桥仙》

秦观的这首《鹊桥仙》写的是中国一个传统而又美好的节日"七夕"，即中国式情人节。小词开篇点题，写出了漫天彩云都是织女的巧手所织，可惜如此聪颖的人却不能和心爱的人长相厮守。"盈盈一水间，脉脉不得语"，银汉迢迢，若远若近，满腹深情暗度。金风玉露，久别的情侣相会，胜过人间无数次的相聚！可惜，假期太短，倏忽间，温柔和缠绵还未褪尽，那条相逢的鹊桥便要成为织女的归途。不忍离去，不得不回顾，只有一句"岂在朝朝暮暮"。

这首小词，看似写的是天上牛郎与织女，实写人间悲欢离合；欢乐中有离别的苦楚，相聚后有彼此的期待与鼓舞。"相见时难别亦难"乃人之常情，自古一理。

有人说，这是少游写给某个青楼女子的情诗，"两情若是久长时，又岂在朝朝暮暮"完全是一种托词，是对青楼女子的一种安慰。

不论他是写给谁，这种对爱情的坚贞和笃信都值得推崇。

这似乎暗示了爱情的真谛：能够经得起考验的爱才更显弥足珍贵。

清代学者王国维评价秦观时说："少游虽作艳语，终有品格，方之美成（周邦彦），便有淑女与娼妓之别。"

秦观一生才华峻拔高超，却因新旧党派之争，屡遭贬谪，最后贬到郴州，竟被削去了所有的官爵和俸禄，内心之愁苦彷徨可想而知。宋代虽重文轻武，但也因此而沾染了文人的洒脱和随性。它可以对文人奉若上宾，也可以弃之如敝屣。文人的得失沉浮，往往如"江河之小舟"，漂泊晃动，时擢时贬，阴晴不定。柳永因为一句词作，便终身与仕途绝缘；而才华盖世的秦观，也因为新旧党派之争，被排挤在主流之外。

此时的秦观，写下这首飞升词坛的《踏莎行》，心已彻凉。

雾失楼台，月迷津渡，桃源望断无寻处。可堪孤馆闭春寒，杜鹃声里斜阳暮。

驿寄梅花，鱼传尺素，砌成此恨无重数。郴江幸自绕郴山，为谁流下潇湘去？

《踏莎行》

词作从一片想象的世界中入手，雾霭弥漫，失去了渡口的方向，陶潜先生当年的桃花源更是无处寻觅。寒舍孤馆，听得杜鹃声声，在斜阳中阵阵悲鸣。书信与礼物如离恨般越积越多，愁苦无重数。结尾以郴水绕郴山自喻，感叹好端端一个读书郎却被卷进政治的旋涡，对身世不幸躬身自省。"可堪孤馆闭春寒，杜鹃声里斜阳暮"一句历来为人所称道，王国维先生盛赞"词境最为凄婉"。

然而，不论是悲凉的身世之感，还是甜蜜的爱情传说，经少游妙笔，汩汩深情，便勾勒出一曲曲隽永的词作。

　　漠漠轻寒上小楼。晓阴无赖似穷秋。淡烟流水画屏幽。

　　自在飞花轻似梦，无边丝雨细如愁。宝帘闲挂小银钩。

《浣溪沙》

有人说《满庭芳》是秦观长调之冠，而上面这首《浣溪沙》则是小令的压卷之作。它起笔轻柔，通篇飘着淡淡的哀怨和闲愁，如清歌荡漾，悠然而至。闲情雅致中一派轻盈、恬淡。官场也罢，青楼也好，无论何时，良辰美景，且把寸寸情丝换成浅酌的低唱，醉乡一夜白头……

天涯落寞，
心事斑驳

他们学富五车，向往在朝堂之上慷慨激昂，抒发自己报国的见解，让抱负得以施展。可是自古以来，又有几人能真正如愿？岁月深长，少年时的情怀早已散落天涯，最后拥有的只是落寞的心境。在春风再起之时，阳光在一名老翁的身后投射出斜长的影子，这影子随阳光起伏晃动，如同用手轻轻宕开的水纹……

西江弯月破尽一腔心事：黄庭坚

黄庭坚生于北宋，字鲁直，自号山谷道人。他天资聪颖，才华横溢，是真正的少年才子。在当时颇具盛名，与秦观、张耒、晁补之并称为"苏门四学士"，常在一起诗词往来，游山玩水。但这样安逸的生活却并不是他想要的，他的内心深处想要追寻的方向，似乎又是他苦寻不得的。所以在他的词中才会有这样多的感慨："谪仙何处，无人伴我白螺杯。……醉舞下山去，明月逐人归。"

黄庭坚自负其才，却始终感到知音难觅，无所适从。他向往有一个如同陶渊明笔下的桃花源，来让他在那里找到自己理想中的王国。但是如同大多数年轻人一样，阅历尚浅的黄庭坚哪里知晓桃花源虽美，但终究是子虚乌有的。如果真有那样不入凡尘的地方，陶渊明何苦在终南山下种着菊花感叹世间之事呢。只怕早就躲进武陵，逍遥自乐去了吧。

理想与现实最大的差距便是距离感。现实虽近，近在咫尺但却让人乏味；理想虽美，可却远在天涯，难以触碰。不然黄庭坚也不会感伤道："人间仙境虽好，却花深露重，难以久留。"

其实，古往今来的许多文人墨客，几乎都在追寻这样的人间仙境；可结果却总是败兴而归。就连文豪苏轼也感慨："我欲乘风归去，又恐琼楼玉宇，高处不胜寒。"这就是理想，它高高悬挂在与月亮同等的高度上，俯视着所有对它望而兴叹的人。李白苦叹："自古圣贤皆寂寞，惟有饮者留其名。"李太白自比圣贤，这是黄庭坚所不敢比的，他能做的只有仿效太白，在诗词风流、饮酒微醉中偶尔触碰下心中的理想。

自古才子多寂寞。这寂寞的心总要去找到一种排解忧愁的方法，比如旅游。古人的游山玩水几乎都有着双层的含义：既可以开阔视野，也可以把自己的忧愁烦闷释放在山水之中。可谓是一举两得的妙法。所以，黄庭坚也选择了旅行。旅行的意义不在于"走"的结果，而在于"走"的行动本身。这本身就是对生命意义的一种追寻。

所以，一路下来，黄庭坚不只看到了风景，还在风景中看透了世事。

一次，他来到江南的江州府游玩，那里是繁花似锦之地，十分热闹。当地人听闻才子黄庭坚来到此地，都想见识一下他的才学，便纷纷邀请他游览当地的名胜古迹之地，也在寻找机会想要试探他的才华。本来只是想游山玩水的黄庭坚没有想到就在这山水之间便被人命了题，出了一道"烟水亭，吸水烟，烟从水起"的上联。略一思索，黄庭坚便给出下联："风浪井，搏浪风，风自浪兴。"才子就是才子，只需稍动心思，无论是诗词还是对联，都可应对得天衣无缝。

但是，当众人的赞叹不绝于耳的时候，黄庭坚却只是眼望烟水亭四周浩渺的湖水，暗自感怀：如果自身的才学只是用来吟诗作对附庸风雅的话，那倒不如做一个不识大字的农夫，反而显得轻松自在。

黄庭坚之困也是古代知识分子的通病，他们学富五车，想要为国出力，在朝堂之上慷慨激昂，将自己报国的见解陈述一二。可是自古以来又有几人能真正得到重用，政治与文学永远是两不相通的话题。

虽然在仕途上，黄庭坚并不是最受冷落的，但也不是很受重用，这种不温不火的对待正是令他内心不安的根本缘由。当一个人变得可有可无时，心脏便会被空虚一点点填满，岁月深长，那点滴积攒下来的空虚也会把曾经涌动的理想渐渐掏空。

黄庭坚晚年写过一首《西江月》，是以一副对联起笔，打开天地的："断送一生惟有，破除万事无过。"

断送一生惟有，破除万事无过。远山横黛蘸秋波，不饮旁人笑我。

花病等闲瘦弱，春愁无处遮拦。杯行到手莫留残，不道月斜人散。

《西江月》

词中所表达的便是这种心境，男子都想要以事业为重，开创属于自己的天地，尤其是在北宋那个时代。赵匡胤以武将出身，赢得天下江山，男儿一生鼎立于天地间，要的正是这样的豪气。黄庭坚虽然身为文人，却始终心怀家国天下，希望能够一展开天辟地的雄心壮志。

可惜黄庭坚有才无运。先不说他夙愿未能实现，就连生存现状也是每况愈下，花甲之年时，又遭逢贬职，被远派宜州，远离了江南。那时，他已经年老体迈，即使想以远行来排遣怨气也是有心无力了。晚年的黄庭坚在寂寞中徘徊。

他本以为自己会孤老终生，天涯沦落，却意外收到江南书信一封，这让他欣喜不已。原来，故地还有人在惦念他，轻展信笺，江南春色跃然纸上，那旧日日的风韵回归眼前。

天涯也有江南信，梅破知春近。夜阑风细得香迟，不道晓来开遍、向南枝。

玉台弄粉花应妒，飘到眉心住。平生个里愿杯深，去国十年老尽、少年心。

《虞美人》

这是一首格调清奇的短词。当年，南朝大将陆凯曾寄赠给朋友一枝梅花，并附诗一首："折花逢驿使，寄与陇头人。江南无所有，聊赠一枝春。"由此之后，梅花便成了江南春信、故乡消息的象征。

黄庭坚以写梅开始，他心中的惊喜之情已溢于言表，用典故含蓄地将心中所感记于纸上。虽然没有描写落花流水，没有感叹伤春情怀，但从春入题，寂寞之情已跃然纸上。

想起年轻时的自己，曾踏访各地，虽不算得志，但总是深怀理想。对比如今，垂垂老矣，早就盛年不再。人生的年华就像春天，总是稍纵即逝，无处可觅。比起一去无迹的岁月来，除了在这里咏叹芳菲情思，看着飞鸟盘旋离去，人世间还有什么事情值得自己再去做呢？

几十年的政客身份，几十年的词人生涯，还有这几十年来行走于山水之间的日子，都在黄庭坚的心里翻涌起来。辗转出秋去冬来，冬走春至；也翻出花开花谢，云卷云舒。

少年时的情怀早已散落天涯，而今拥有的只是落寞的心境。在春风再起之时，阳光在一名老翁的身后投射出斜长的影子，这影子独占春色，随阳光起伏晃动，如同用手轻轻宕开的水纹。

青灯独卧思故国：刘辰翁

天上低昂似旧，人间儿女成狂。夜来处处试新妆，却是人间天上。

不觉新凉似水，相思两鬓如霜。梦从海底跨枯桑，阅尽银河风浪。

《西江月》

词中最令人唏嘘感慨的便是"夜来处处试新妆，却是人间天上"一句。

人间与天上，写尽了人生起伏，世事无常。那个名叫刘辰翁，别号须溪的男子历经两朝，虽有亡国之恨，但却身在新朝之中，他是对天上与人间，切身感悟极深。

宋元交替，战乱纷纷，动荡不安，这就是刘辰翁生活的时代。从他出生的第三年开始，南宋愈加腐败无能，面对入侵无能为力。面对灾难，人人都在选择保命安家，只有他在面对国耻家恨时，慷慨而言："济邸无后可恸，忠良残害可伤，风节不竞可憾。"何为风节？高堂之上的大宋皇帝不懂，位极人臣的贾似道不懂，在战火中惶恐的黎民不懂，只有须溪，他懂。这首短词像极了刘辰翁的一生。上阕写出七夕儿女狂欢的景象，下阕写出词人对人世变换的悲哀。"天上低昂似旧"，但"却是人间天上"。

刘辰翁说"忠良残害可伤"，这是针对贾似道而言的，他说"风节不竞可憾"，是说给他自己听的，这话虽说得铿锵有力，听在耳朵里却将有些人的心敲击得极不舒服。所以尽管须溪在殿试之上赢得了耿直之名，却为权臣所不容，仕途几经坎坷，自己经历磨难不说，还几乎要将性命也丢掉。

可怜他著作等身，有才华绝代，却是个福薄命薄之人。

当时的南宋朝堂已然是乌烟瘴气，虽有些忠义之士钦佩他的为人，相继倾力举荐他居史馆，希望能为他在南宋政坛上留有一席之地，可是，他深知朝廷这个政府机构已成为一摊污泥，他不愿同流合污，也难容于权贵。为了独善其身，他谢绝好意，托词亲友，回到山林隐居起来。

刘辰翁这个人光明磊落，孑然独立，骨子里透着桀骜不驯的气息，不然他就不会在朝堂之上给当朝宰相贾似道难堪，他更不会拂去好友美意，情愿当闲云野鹤，也不愿立足宫中委曲求全。

这个想要担当天下的男人，在一个毫无征兆的日子里，却在天地之间的某个角落里得知了南宋覆灭的消息，本是想沉溺于桃花源中乐不思蜀，却没有料到桃源外的世界已经是无可奈何几重天了。刘辰翁发出了"我亦每饭不忘"的悲呼，这个曾经鄙夷一切、抛弃一切的男子，在所有人都散去的时候，他回到了原点，在最初离开的坐标上安然地守候了下来——怀着对故国的眷顾，对新朝满心鄙弃地守候了下来。他和苏轼一样是个天才，但他的命途中却更多了些苦情戏份。比起苏轼人生的一起三落，刘辰翁却始终黯淡无光地在漫漫长路上蹒跚前行。须溪的词意凄婉更胜一筹恐怕便是源于自身的经历更为悲苦。

"余自乙亥上元诵李易安《永遇乐》，为之涕下。今三年矣，每闻此词，辄不自堪。遂依其声，又托之易安自喻。虽辞情不及，而悲苦过之。"这是刘辰翁在写《永遇乐》时所提的小序，时值南宋国都临安被攻陷，悲愤交加，他写下了这首词：

　　璧月初晴，黛云远淡，春事谁主？禁苑娇寒，湖堤倦暖，前度遽如许。香尘暗陌，华灯明昼，长是懒携手去。谁知道，断烟禁夜，满城似愁风雨。

　　宣和旧日，临安南渡，芳景犹自如故。缃帙流离，风鬟三五，能赋词最苦。江南无路，鄜州今夜，此苦又谁知否？空相对，残釭无寐，满村社鼓。

　　　　　　　　　　　　　　　　　　《永遇乐》

　　借李清照身世来抒发自己的亡国之苦，一句"江南无路，鄜州今夜，此苦又谁知否"更是道出了自己比李清照更苦。南宋大地只剩下了岭南几个地区在殊死抵抗，早已是大势已去，难以为继。

　　哀莫大于心死，刘辰翁留不住分崩离析的大宋王朝，索性便只看风月，不看世事，不是因为改了性情，只是他怕触碰到心底难以愈合的亡国之痛，那一痛，可是会着实令他震颤不已。

　　南宋消亡之后，他便发誓不再复出，既是不想为新朝出力，也是怀抱缅怀旧朝的心理，他甘居淡泊，专心著述。在他所作的诗词中可以看出他感伤身世、忧国忧民的情愫充溢其中。

　　香雪碎团团。便合枝头带露餐。笑倒那人和玉屑，金丹。不在仙人掌上盘。

　　千树碧阑干。山崦朱门梦里残。花下主人都在此，谁看。天上人间一样寒。

《南乡子》

　　言短意长，音节短促而悲咽，情随声出。最后一句"谁看，天上人间一样寒"看似平淡无奇，却蕴含着丰富的情感，在惨淡的诗意中，将词人对故国的眷顾之情喷薄而出，如同尘封多年的烈酒一样，浓烈四溢。

　　岁月悠悠，不亡待尽，所幸的是人间虽然风云变幻，但是天上却还依旧明月当头，心底的哀伤在抬头望到一如既往的明月时，才可以稍稍得以缓解。至情至性恐怕也不过如此而已了。同为南宋遗民的张孟浩曾为之深深感动，亲笔赋诗一首以赞扬须溪的不悔精神："首阳饿夫甘一死，叩马何曾罪辛巳。渊明头上漉酒巾，义熙以后为全人。"

　　高风亮节，不屈不挠，这是他赢得后人推崇的足够理由。

　　宋亡后，刘辰翁有一首写亡国之痛的《柳梢青·春感》，词云：

铁马蒙毡，银花洒泪，春入愁城。笛里番腔，街头戏鼓，不是歌声。

那堪独坐青灯，想故国，高台月明。辇下风光，山中岁月，海上心情。

　　　　　　　　　　　　　　　　　　　　《柳梢青·春感》

　　这首词，倾吐了诗人对故都汴京的怀念，对家人离散、自己处境凄凉的哀叹。"山中岁月，海上心情"，抒发了对南宋亡国后，那些南宋后人依然逃亡海上励志复国的举动的钦佩之意。

　　其实南宋亡国之后，刘辰翁本人也是一直流亡，长期漂流在外的。南唐后主李煜亡国之后写道："雕栏玉砌应犹在，只是朱颜改。"看起来也是悲悲切切，但比起须溪词中的"那堪独坐青灯，想故国，高台月明"，似乎就少了那么一些悲凉。

　　辰翁之悲，实在是亡天下之悲也。而李煜的悲更多的是悲叹自己失去自由，沦落为阶下囚。两者相比的话，便自有微意。刘辰翁刻过一枚印章，底上四个大字"三代人物"，这是他以古代高士自许的表现，真正的是词如其人，言如其人，行如其人，表里如一，天下大丈夫真英雄者，刘辰翁可算其一。

　　一生冷眼旁观世事闲人，但骨子里的刘辰翁却是个伤心人，失国之痛对于他来说是伴随一生的隐患。刘辰翁于元成宗大德元年卒。头顶明月亮如白昼，洒下来一地的清辉。这样的男子，只能说在红尘万里中，他算是斑斓一瞥。

当世不知我，后世当谢我：王安石

中国传统文人总是喜欢借景抒情，登高怀古，放眼远眺，山河秀美，壮志难酬。这惆怅之中，有感怀沧海桑田之变迁，有抒发仕途坎坷之愤懑，也有慨叹国家兴衰之忧虑。宦海沉浮、国运起落全都融合在自然的景色中，涌上心头，诉诸笔下，遂成名篇佳作无数。王安石的《桂枝香》可为代表。

登临送目，正故国晚秋，天气初肃。千里澄江似练，翠峰如簇。征帆去棹残阳里，背西风，酒旗斜矗。彩舟云淡，星河鹭起，画图难足。

念往昔，繁华竞逐，叹门外楼头，悲恨相续。千古凭高对此，谩嗟荣辱。六朝旧事如流水，但寒烟衰草凝绿。至今商女，时时犹唱，后庭遗曲。

《桂枝香》

此番登高吊古，王安石开门见山，以"正故国晚秋，天气初肃"起笔。自古逢秋悲寂寥，而半山先生却以"初""肃"二字领起，笔力遒劲，精神抖擞，与刘禹锡的"我言秋日胜春朝"有相似的意境。"澄江似练，翠峰如簇"看似随手拈来，却于锦绣江山之上，看出其宏大的视野，开阔的胸襟。

词作下阕，忽念往日繁华，六朝古都的风流如此迅速便随历史云卷云舒，千古江山，万种情愫，都只剩相继的荣辱。最后两句，化用了杜牧的诗句"商女不知亡国恨，隔江犹唱后庭花"。嗟叹之感，弥新而永固。所以周汝昌先生称赞说："王介甫只此一词，已足千古。"然而，王安石似乎并不满足仅此一词，甚至不仅仅满足于千古风流的"唐宋八大家"。从一开始他就深深地知道，后世将以他的努力为骄傲。

王安石是北宋著名文学家、政治家，字介甫，晚号半山。1069年，被宋神宗任命为宰相，开始推行变法。其变法涉及内容甚广，"青苗法""募役法""方田均税法""农田水利法""保甲法"等各项法规，从农业、商业、兵役、教育、财政税收等社会生活各方面入手，提出了一系列政策，用以革除社会的弊端。

从新法推行到全面废止，前后经历了将近十五年的时间。新法的推行某种程度上来说，无疑是有利于"国富民强"这一目标的。但是，在王安石变法当年，此举却遭到了保守派强烈的反扑。

甚至在晚清以前的将近八百年里，历史学家们都普遍认为王安石的变法"祸国殃民"。当然，以如今现代性的历史观来衡量，王安石的变法无疑有着重要的意义。

宋神宗期间，经济发达程度比以往任何时候要高，财政税收也好于前朝，但政府依然入不敷出。实际上，自宋英宗起，政府已经开始出现赤字。究其原因，一方面，宋朝为了维持"和平与稳定"的局面，不得不向辽不断进贡"岁银"；打是没有力气的，所以只能掏钱，所谓"破财免灾"大概就是这个道理。另一方面，虽然不打仗，但是依然要养兵；因为怕战争，所以要养更多的兵，以防不测。这似乎成了一个奇怪的现象，没有战争的宋朝，却需要为战争大笔埋单。积贫积弱的态势在繁华的背后逐渐清晰。

而宋神宗正是一个比较有志气的皇帝，他希望可以通过变法来达到"国富民强"的目的，他希望自己可以励精图治、重振朝纲。

人们说历史总是有着惊人的相似。就如晚清的光绪帝需要康有为一样，宋神宗也需要一个人站出来和他同心向前。

这个人，无疑就是王安石。

1042 年，年仅二十二岁的王安石高中进士，从此步入仕途。他天资聪颖且博览群书，少年得志却并不得意忘形。他入仕后，没有马上巴结权贵，只是在暗暗思考国家的前途和命运。王安石曾经给宋仁宗皇帝上过"万言书"，但如石沉大海，杳无音讯；也因此他断定变法的时机尚未成熟。于是，他谢绝了朝廷一次次任命，甘居地方小官，宁可小范围推行变法的措施，造福一方百姓。

在王安石看来，做多大的官并不重要，重要的是能够成事。头顶乌纱却身不由己的话，他宁愿不进朝堂，仅仅为民为己做些实事。

著名作家李国文先生认为，王安石这个阶段的韬光养晦、拒不为官，主要是为了制造声势，替自己炒作。然而，对一个政治家来说，投靠明主也并无大错。能够等待时机，并善于抓住命运的拐点，通常都是智者的行为。

1069年，王安石终于等来了宋神宗的传召，犹如宋神宗终于等来了王安石的上任。在宋朝艰难呼吸的关口，他们握住对方的手，互相汲取最初和最终的力量。

但任何一次变革，都不能指望能够畅通无阻，因为无论如何改革，哪怕只是一个微小的变动，都会触及既得利益者。最为艰难的往往不是改革之初的深思熟虑，而是如何抵得住各方恶意的拆台和进攻。宋神宗与王安石虽是强强联合，却也无法改变这一历史的惯性，和宋仁宗的庆历新政、清德宗的康梁变法一样，他们最终还是失败了。

对王安石变法失败的原因，有很多种分析，一般意义讲，是触犯了地主阶级的利益。用旧的政府来推行改革，只要政策稍有变动，官僚们照样可以鱼肉人民。

当然，也有人说吕惠卿这个小人抖出了很多王安石写给他的私人信件，说王安石有"欺君之嫌"，从而导致革新力量内部的分化。吕惠卿也因此被载入《宋史·奸臣传》之列。但无论是什么原因，变法失败了。

正所谓"顺时不骄，败时不馁，才是人生真厚道"。

曾经身为宰相的王安石，为了自己的政治理想和抱负，也打击过异己，欧阳修、司马光、苏轼等退休或贬官，都不能不说与其相关。但王安石并没有置对手于死地的意思，也从不网罗莫须有的罪名加害别人。甚至在苏轼发生了"乌台诗案"之后，已经辞官的他还挺身而出，上书为苏轼辩护。

须知，当时的王安石已经痛失爱子、家破人亡，在皇帝面前毫无半点话语权。而恰恰在那个时候，没有人敢替苏轼说话，亲友们全都噤若寒蝉，连苏轼自己也被屈打成招。王安石敢于在这个关口替苏轼说话："岂有圣世而杀才士乎？"足见王安石的落落风骨，称其为侠肝义胆亦不足为过。

或许，这就是文人的惺惺相惜吧。

从政治的聚光灯下走出来，回归平常生活，王安石又回到了金陵，写下了上文提到的那首著名的《桂枝香》。"千古凭高对此，谩嗟荣辱"，无限的慷慨悲凉，读来至今荡气回肠。除了写词，王安石还写有许多脍炙人口的小诗，如《泊船瓜洲》即是一例。

京口瓜洲一水间，钟山只隔数重山。

春风又绿江南岸，明月何时照我还？

《泊船瓜洲》

小诗把思念家乡之情写得清新淡雅，明朗脱俗，没有丝毫别离的惆怅，只有一丝淡淡的盼望，深深地融化在青山绿水间。

所以，有人说这是他第一次任宰相时所作，也有人说此诗表达了他第二次复官时的愉快，还有一说是此诗表达了他自罢官后，彻底从政治中解脱后的舒畅。无论如何，一个"绿"字几番修改，已成文坛佳话，"功夫在诗外"嘛！

作为唐宋八大家之一，他出手不凡，为后世留下了许多传世名篇。作为政治家，历史学家对他始终争议不断，但这恰好说明了他的影响力。

王安石变法的时候曾经自信地说："当世人不知我，后世人当谢我。"有此信念，他的变法无论成功与否，都让人觉得信心百倍！

传统文人的理想生活：晏殊

无论现代社会的"高考"被人指为多么不合理，同古代科举制相比，它已然是非常具有进步性的了。封建科举制才真的是"一考定终身"；一旦金榜题名，便可以由此步入仕途，飞黄腾达、光宗耀祖。所以，千军万马纷纷扑上这条坎坷路，蒲松龄等先辈们都曾为此"抛头颅、洒热血"，足见其魅力无穷。

然而，也有人可以抄近路、走捷径，被天上掉下来的馅饼给砸到，宋代的晏殊就是一例。

晏殊字同叔，十四岁的时候，应神童试，宋真宗召其与众进士同廷应考，结果小晏殊提笔成文、从容镇定；为宋真宗喜欢，赐进士出身。三十五岁正是许多人为功名挤破头的时候，晏殊却已经升任翰林学士，后拜相，一生富贵，青云平步。

也因此，晏殊的词里多为平和的情感，很少使用冷僻的典故。其清健的词风，正如他平平稳稳的一生，太平宰相，"修身、齐家、治国、平天下"，应该是读书人最为期待的生活了吧。

　　所以，人生的经历无论是坎坷还是平坦，都是一笔宝贵的财富；苦难固然能激发人的斗志，而悠游也可以成就难得的风雅。一首《清平乐》，正是这种从容、娴雅的例证。

　　红笺小字，说尽平生意。鸿雁在云鱼在水，惆怅此情难寄。

　　斜阳独倚西楼，遥山恰对帘钩。人面不知何处，绿波依旧东流。

《清平乐》

　　小词上阕写情，幽幽爱慕都铺诉在一方小巧的信纸上，"雁足传书""鱼传尺素"，惆怅深处，连最愿意传递感情的它们也不忍将情书送出。托书不成，便只能借景抒情，将无限情思融入眼前的景色中。斜晖脉脉，高楼上独自一人，"遥山恰对帘钩"，本想两两相望穿越时空，不料目光受到青山的阻隔，徒添一段愁思。结尾两句，笔锋忽转，并无更多悲凉之感，情人不在，而绿波依旧。言虽有尽，却含义无穷。

　　晏殊少年得志，仕途一帆风顺，生活的平坦也促成了语境的冲淡。这首《清平乐》读来虽有哀愁却并不哀怨，虽是艳情却毫不妖艳；惆怅难遣，却也不似柳永、周邦彦等人的浓艳香软、汪洋恣肆。

　　所谓"文如其人"正是此意。晏殊写词，由于经历和身份的原因，感情上总是有所收敛，"胸有惊涛，面如平湖"，说的正是这种风致。

　　有人说晏词的清丽雅秀有"花间"词的遗风，但从晏殊最为著名的《浣溪沙》来看，实在有"出于蓝而胜于蓝"的成就。

　　一曲新词酒一杯，去年天气旧亭台。夕阳西下几时回？

　　无可奈何花落去，似曾相识燕归来。小园香径独徘徊。

《浣溪沙》

这首词直指人世无常，感慨世事变迁。由于晏殊的位高权重，所以他不用像南宋很多词人那样，为晋级和交友，而做些应制的唱和，他不用为酬答谢意而埋藏真性情，辱没自己的才学。

很多时候，在功名面前，人生的真纯体验如浮云过眼，为五斗米折腰的才俊历来也不乏其人。

但晏殊的经历和纳兰性德有些相近，他们都是衣食无忧的达官贵族，而文学的敏锐和真诚，令他们没有游戏人生的玩票心理，也不用鞍马劳顿去为羁旅艰辛而苦闷。在晏殊和纳兰的词中，人们最常见到的便是人世间恒常的变数，不是小我的悲伤困顿，而是人生和自然的凋落与更迭，易见难寻的悲凉。

对酒当歌，试问："夕阳西下几时回？"夕阳西下，触动了词人的情思，彩虹易散琉璃碎，亭台楼阁依旧，而韶华流转却转眼成空。词人不仅描写了眼前事物，更有对世事无常的感喟。

"无可奈何花落去，似曾相识燕归来"两句更成为词坛绝唱。花开花落，春去秋来，美好的事物却无法阻止其消长，空留词人在园中徘徊独思。年年岁岁花相似，岁岁年年人不同。这种对人生哲理性的思考，令词作在语言和意境上都显示出卓尔不群的风采。

晏殊既然能参透人生的憔悴易损，自然也不愿意让时光一去成空。与其悲辛无尽不如用心珍惜，正所谓：满目山河空念远，不如怜取眼前人。

> 一向年光有限身，等闲离别易销魂。酒筵歌席莫辞频。
> 满目山河空念远，落花风雨更伤春。不如怜取眼前人。
>
> 《浣溪沙》

这首《浣溪沙》也是晏殊的代表作之一。词人哀怨的是时光有限，离别之情最是伤人。推杯换盏之际，良友相对，及时行乐方能排遣抑郁。满目山河空悲喜，落花时节，风雨更添春愁，不如把酒言欢，立足现实，珍惜眼前。所以他在《踏莎行》中也曾吟唱类似的主题："春光一去如流电。当歌对酒莫沉吟，人生有限情无限。"

晏殊虽少时赐进士出身，但在论资排辈的封建官场，一切工作都要从基层做起。他从九品芝麻大的小官，一直走到朝廷的一品大员，这里固然有机缘巧合，恐怕也与他良好的心态不无关联。

能够好好地珍惜眼前的一切，才能牢牢地抓住幸福的人生。

也因为这份对人生的彻悟与珍惜，所以他一生显贵却从不忘提携后辈，范仲淹、韩琦、富弼等这些宰相级人物，皆出自他的门下。小儿晏几道更是北宋词坛风云人物，才名均不输于他。生时风光、死时后继有人，除了知足常乐、安守富贵外，人生还用做何奢求呢？

但人生似乎是一个转不满的圆盘，总是会在岁月的磕碰中，留下点残缺。沧桑变化难料，"燕子双飞"竟惹起词人无限孤独。

槛菊愁烟兰泣露，罗幕轻寒，燕子双飞去。明月不谙离恨苦，斜光到晓穿朱户。

昨夜西风凋碧树，独上高楼，望尽天涯路。欲寄彩笺兼尺素，山长水阔知何处！

《蝶恋花》

这首小词《蝶恋花》以"昨夜西风凋碧树，独上高楼，望尽天涯路"三句闻名于世，是一首抒发离愁别恨的上乘词作。婉约派词人的怀远伤感之作，大抵都褪不去忧郁的底色，语境上也显得不够开阔。唯有此词，以高楼独倚的姿态，写尽天涯人生路上的孤独，读来不禁伤怀且蕴含了广大而深切的苍凉。其词意之悠远、格局之广大，皆非同类婉约词所能比拟；一枝独秀，如寒梅傲雪，令人在"望尽"之余，虽苍茫悲壮，却也辽远阔达。

王国维先生曾借用此三句来解释治学之道，认为乃为学三重天之第一境界。跳出了狭小的爱慕与柔情，王国维对词意的夸张似乎更显出这首词的普适性。不仅仅是爱情、学业，人生似乎也如一夜西风凋碧树，长路漫漫却转眼成空。可是否也曾一夜春风，梨花开遍、千树万树呢？人们无法揣测晏殊的爱情，只能从他的词作中，寻到些蛛丝马迹：

> 绿杨芳草长亭路，年少抛人容易去。楼头残梦五更钟，花底离愁三月雨。
> 无情不似多情苦，一寸还成千万缕。天涯地角有穷时，只有相思无尽处。
>
> 《玉楼春》

这首《玉楼春》依然延续了婉约派恋情词的特质，"无情不似多情苦"大有现代人爱过才知情重、醉过才知酒浓的意味，一缕情思剪成千万段。身为大宋朝堂堂宰相，虽然碍于情面不能过分表露自己的深情，但"天涯地角有穷时，只有相思无尽处"之感慨，想来也是真正有过刻骨铭心的爱情吧。

大宋词坛犹如一盘将遇良才的好棋，无论贩夫走卒还是帝王将相，都可以找到适合自己的位置，将才情发挥到极致。

"一团和气，两句歪诗，三斤黄酒，四季衣裳。"中国传统文人的理想生活模式，在宋代晏殊的身上得到了完美的演绎。

物是人非，事事只能休：张炎

　　临安（今日的杭州市），他和这个地方已经相处了太久，从出生到如今，似乎漫长得有了一生的跨度。不过很快，他将远离此地且将再也无法回来，因为这里将不再属于他，永远不。忘记在何地看过一句话：每个人都是命运掌心卑微的尘埃，被任意地翻覆着。当时并未觉得如何，而今想来，却是心头一番苦涩。

　　张炎出生于 1248 年（宋理宗年间），年少学识广博。他出身于南

宋名门望族，整个家族世代居住临安，曾祖父张镃在临安南湖筑有名园。祖父张濡是南宋武将，世代享受朝廷恩泽。如果不是那场惊天的变故，张炎只怕也是考取功名，娶妻生子，在朝为官度过一生了。

但是命运的天平在一刹那间突然倾斜。元兵南下占领了临安之后，身为武将的祖父被捕并遭残忍杀害，张家至此陷入了天塌地裂般的万劫不复之地。资产被抄查没收，家丁亲人大多罹难，唯独张炎逃了出来，孤身一人流落异乡。

有时候，活下来并不是最大的幸运，反而是沉重的负担。痛失家园，与亲人惨遭分离，这都令张炎在人生正好的年纪里承受了难以背负的重量。

> 辔摇衔铁，蹴踏平原雪。勇趁军声曾汗血，闲过升平时节。
> 茸茸春草天涯，涓涓野水晴沙。多少骅骝老去，至今犹困盐车。

《清平乐·平原放马》

写下这首词的时候，张炎必定心如针扎，而又血脉贲张。从世家子弟变为浪迹天涯的遗民，看着自己年华老去，却只能安于一隅闲散度日。对于任何一个人来说，这都是沉痛哀婉的人生。如果南宋依旧存在于历史上的话，匹马戎装或许会是张炎的理想。而如今，亡国仇家散恨，令张炎每日只能以"愁"和"恨"来填补人生的空白，可谓度日如年。天道无常，就如同天涯尽头的春草野水一般，还未来得及鲜活，便已经随着世事的沧桑流转，而荒芜在了荒野之上。

想来张炎奔走出逃的时候，是没有想过还会重回故园的，虽然那里曾经是他出生成长，有着满满记忆的地方。可是，多少个在外流浪的日夜，他却不愿也不敢再回到那里去看看。哪怕是在梦中，他也害怕重新面对飞来横祸的一刹那，害怕再次看到幸福在他的眼前，没有任何预兆地轰然倒塌。

然而，世事难料。十年之后，张炎再次回到临安，回到了他生活多年的旧居。

睹物思旧，他一腔悲楚无处宣泄，只能将胸膛中四处窜动的情感流于笔尖之下，写下了这首《长亭怨》：

　　望花外、小桥流水，门巷悄悄，玉箫声绝。鹤去台空，佩环何处弄明月？十年前事，愁千折、心情顿别。露粉风香谁为主？都成消歇。

　　凄咽。晓窗分袂处，同把带鸳亲结。江空岁晚，便忘了、尊前曾说。恨西风不庇寒蝉，便扫尽、一林残叶。谢杨柳多情，还有绿阴时节。

《长亭怨》

故地重游令张炎心中所感的除了悲痛便是悸动。站于门外久久徘徊的他，无法想象这十年的光阴会将当日的故园改变成何种模样。"望花外、小桥流水，门巷悄悄，玉箫声绝。鹤去台空，佩环何处弄明月？"每每读到此处，便在眼前浮现出一名清瘦男子：他一袭青衫飘飘，却踟蹰于家门外，一副手足无措的样子。远望去，花木依旧，流水仍然，但是当日的箫声早已不知何处去寻。十年的光阴，带走的不仅是旧园繁花似锦的岁月，还有张炎悲恸难寄的心绪。

"物是人非事事休，欲语泪先流。"这是李清照在流亡之际曾写下的句子。彼时的李清照，已经五十多岁的高龄，天命之年本应万事看淡；她却哀伤地留下了这样的词，千古佳句，千古遗恨。而此时的张炎，却正是壮年。同女子比起来，往往更多了一分生硬的沉痛。走进故园，看到阔别了十年的景物，一切似乎有些陌生，一切却仿佛仍然熟悉。此时的感情大抵只能用"心折"两个字来形容了。

词中下阕提到了分别场景："晓窗分袂处，同把带鸳亲结。"想来是张炎与所深交的一名妇人告别，因为上阕也曾提到"佩环何处弄明月"，是依据杜甫一首诗中的典故而来，意思大概是一名男子怀念他生死不明的妻子。

由此可见，张炎此番回来也有一部分原因是为了寻找一个令他深思多年的人。至于是否是他的妻子已经无从考究了，但可以肯定的是这个女子定是令张炎"念"进了骨髓的。不然。他不会强忍心中剧痛，非要赶到这里一探究竟。

然而翻阅史料，却无法得知这名女子的真实身份。更令人疑惑的是，相聚几日之后，张炎在再度离开之时竟然选择了再次独行。如若这名女子是他所爱之人，为何他会忍心独自离去。如若这名女子只是与他相交甚浅，那他为何又会在词中提到，"同把带鸳亲结"。

前路坎坷，作为南宋遗民的张炎每日过着朝不保夕的日子，如果这女子是他所爱之人，他又怎能忍心带她一同前往迷惘未知之路去受苦？相思再苦也可以忍受，如果看到心爱之人受到伤害，那才是痛彻心扉的大苦。

不论如何，在与这个妇人度过几日欢快生活之后，张炎除了留下海誓山盟的誓言外，别无他法。他只能选择继续他的茫茫前路，何时能再回来就连他自己也不知道。

独自一人的生活依然持续在张炎之后的岁月

中，除了爱情无望之外，就连友情都拒绝了对这个才子的安抚。比如，吴文英的逝世对张炎来说打击甚大。在那些熟悉的人一个接一个离去时，才真的会感觉到自己是多么的孤单。

烟堤小舫，雨屋深灯，春衫惯染京尘。舞柳歌桃，心事暗恼东邻。浑疑夜窗梦蝶，到如今、犹宿花阴。待唤起，甚江蓠摇落，化作秋声。

回首曲终人远，黯消魂、忍看朵朵芳云。润笔空题，惆怅醉魄难醒。独怜水楼赋笔，有斜阳、还怕登临。愁未了，听残莺、啼过柳阴。

《声声慢》

这首词为吊唁吴文英而作，故而以回忆起笔，连接现实，似真似幻，在词意中将张炎的思念贯穿始终。清人楼敬思评其："一气卷舒，不可方物，信乎其为山中白云。"对张炎的这首词做了很高的评价，认为他在平铺直叙中写尽了悲悼之情，深沉动人。

词由心生，在张炎的一生中，贯穿始终的便是亡国之恨和家破之仇，可惜他即便是到了生命的最后一刻，也无法将这个遗憾弥补。只能将遗恨化作词文，而自己抱憾终身。壮志难酬，最难诉的是英雄寂寞的情怀。

人活一世，草木一秋。男儿这生最无悔的便是一腔拳拳报国红心。最遗憾的则是空有报国之心，却无报国之门。

可惜往事如风，将过往的哀苦如同飞雪一般尽数吹落，散落崖底。人生没有太多回转的余地。所以，在西湖淡然的烟雨重楼中，至今仿佛仍能依稀看到：那个形容消瘦的男子，青衫翩翩，立于亭台楼阁之中。

功名利禄如云烟粪土：晏几道

　　按照一般人的习惯思维，"子承父业"应该是最好的发展前途。老爸是当朝宰相，平日家里穿梭往来的多为权贵，如果想站在"巨人的肩膀上"，估计很有可能更上一层楼。但晏几道偏偏是个例外。他虽生于大富大贵之家，却清高孤傲，不愿与世俗同流合污，也不愿意摧眉折腰事权贵。在他的人生和词海里，唯一能寻得到的便只有一个"情"字。

　　晏几道乃宰相晏殊第七子，字叔原，号小山，疏狂磊落，不慕荣利，称得上是豪门中的"异数"。他虽生于相府，却和宝玉一样，视功名利禄如牛毛粪土，倒是把姐姐妹妹们看得比生命都珍贵。

　　在他的词集《小山词》中，词风顿挫、哀婉缠绵：

　　梦后楼台高锁，酒醒帘幕低垂。去年春恨却来时，落花人独立，微雨燕双飞。

　　记得小蘋初见，两重心字罗衣，琵琶弦上说相思。当时明月在，曾照彩云归。

《临江仙》

　　这首《临江仙》是小山久负盛名的佳作，也是婉约词中的绝唱。午夜梦回，烟锁重楼；残梦醒来，见帘幕低垂，不禁悲从中来。去年的闲愁旧恨又纷至沓来，这恼春的情绪已非一日之功。想起当年初遇美女小蘋的时候，她穿着绣有双重"心"字的罗衫，仿佛也在期待日后的心心相印。娇柔的手指奏出美妙的琵琶乐，"低眉信手续续弹，说尽心中无限事"。明月当空，小蘋如彩云般飘然而归……良辰美景，才子佳人，赏心乐事。

词作从"楼台""酒醒"开始写起，时空交错，由眼前实景写入心中真情，由相思无尽想到前尘旧事；结尾处，虚景中暗藏孤单之意，却无愁凉之叹，朗月当空，顿挫曲折之情油然而生。

"落花人独立，微雨燕双飞"虽化用了前人诗句，但与词情十分贴切。

陈廷焯在《白雨斋词话》中称赞这首词："既闲雅，又沉着，当时更无敌手。"

何止当时，即便岁月摇过千载，再读《临江仙》，人们依然能够感受到晏几道当年呼之欲出的深情，后世也罕见敌手。

读晏几道的词，常常可以听到他的呼唤，"莲""鸿""蘋""云"是他最常提起的四个名字，此四人皆为歌伎。小山虽为贵族，但却深味人间的悲凉，对底层的女子有一种充满温度的体贴和尊重。

青楼业作为封建社会所认定的"下九流"中的下品，很少有人会真的同情歌伎舞伎们的处境。柳永流连青楼，是因为皇上摆明了不让他当官，封杀了他的出镜机会；而晏几道则不同。他生于富贵却不爱慕名利，骨子里渗透了对权贵的蔑视。在他的朋友里，唯一称得上有名气的就算是黄庭坚了，而黄庭坚也是仕途坎坷之人。

黄庭坚经常在自己老师的面前称赞晏几道的才华，于是引起了老师的兴趣，便委托徒儿拜访一下晏几道。老师开口，黄庭坚自当效命，赶紧联系晏几道看能否赏个脸。实际上，这个老师不是别人，正是鼎鼎大名的苏轼。

可晏几道并不领情，"现在朝中大官，一半都出自我父亲的门下，想巴结的话，早就下手了"，硬是拒绝了黄庭坚的引见，驳了大学士的面子。

彼时，晏几道的才情和名气都已经超过了父亲晏殊。想那苏轼也是怜才爱才，一腔率真之人，倒未见得是要劝他求取功名。二人假如真的相见，说不定渔歌互答，此乐何极，还可以平添一段文史佳话呢！遗憾的是历史无法假设，二人终究没能见面。

黄庭坚深知晏几道的脾气，他在给《小山集》作序时，总结自己的这位朋友，认为晏几道人生有"四痴"：一、父亲当官的时候培养了不少后生小辈，可惜晏几道不愿意攀附权贵，依傍别人；二、写得一手好文，却不肯以此作为官场的敲门砖；三、家产丰厚却仗义疏财，常令家人面有菜色；四、别人无论如何辜负他，都不会记恨，反而始终深信他人不疑。最后，黄庭坚振振有词地定论说，他是人所公认的痴人。

古人讲这个"痴"，基本相当于现在的"不识时务"或"不切实际"。能够为了切合实际不择手段的人，多半能够飞黄腾达。因为见风使舵日子久了，除了卑躬屈膝，还能学会锦上添花和落井下石；这种人在物质世界一般都比较吃得开。在这一点上来说，晏几道的确有几分不切实际的"痴"症。

他把大把雪花银用来扶危济困，不管家人的饥饱；上当了也不懂吃一堑长一智，还继续其纯地生活，始终不知道这个世界上有圆滑老道这样的词，实在是令人不解。

最忍无可忍的是，他居然藐视荣华富贵的各级官爷，跑去同情青楼歌伎，这不是榆木脑袋吗？人生在世不称意，实在是自作自受。

著名评论家蓝棣之先生曾说："一切文学经典都是有病呻吟。"假如此话当真，那晏几道果然是病得不轻，而且如黄庭坚所说，还都是

"痴"病。

可是，仔细想想，人生一世，草木一秋；无翼而飞者谓之声，无根而固者谓之情。小山将自己一生的柔情都给了相思，给了别离，给了梦境；虽然在官场上未能得意，却在词史上斩获不少。

醉拍春衫惜旧香。天将离恨恼疏狂。年年陌上生秋草，日日楼中到夕阳。

云渺渺，水茫茫。征人归路许多长。相思本是无凭语，莫向花笺费泪行！

《鹧鸪天》

这首《鹧鸪天》，将悠悠相思写得云烟缥缈，雾水迷茫。"相思本是无凭语，莫向花笺费泪行"两句更让人痛断肝肠。既然相思本来是

无可诉说的，那一腔热情岂不是都白白浪费在诗词上了吗？可是，除此之外，似乎又别无他法。另有一首《鹧鸪天》，也写得味浓情长。

彩袖殷勤捧玉钟，当年拚却醉颜红。舞低杨柳楼心月，歌尽桃花扇底风。

从别后，忆相逢，几回魂梦与君同？今宵剩把银釭照，犹恐相逢是梦中。

《鹧鸪天》

读晏几道的词，总能在婉约的背后发现一个迷离的梦境，在这里他寄托相思，与情人约会，与往事干杯。也是在这一点上，他与父亲"分道扬镳"。

晏殊出身寒门却能官至宰相，晏几道生于豪门却家道渐落晚景凄凉。晏殊一生信奉"满目山河空念远"，人要立足现实；晏几道始终期待"犹恐相逢是梦中"，任性猖狂。这一实一虚，令父子二人的生活大相径庭。那时文人犹如今日之明星；可以凭几句诗文爆得大名，也可能因为不遵守"行业规则"而终身寂寞官场。

自从父亲亡故后，晏几道的家境就逐渐败落了：一是因为他对钱权交易不感兴趣；二是他花钱如水，理财能力不强。好在秋风白发，江湖夜雨，他总算用词作留住了这份情思。

能够驰骋官场春风得意，固然是一种幸运；能洒脱而活，率真而为，也未尝不是一种快乐的人生！

无望复中原，大江东流去

连年的征战造就了时代的英雄，他们一心杀敌报国、驰骋疆场，渴望收复山河，为一朝的安逸撑起和平的天空。于是，宋词里频频出现征战沙场的英雄：岳飞的怒发冲冠，辛弃疾的金戈铁马，陆游的王师北定，文天祥的丹心汗青……随着滚滚东逝的流水，化作荒烟蔓草中的碎片，散落大宋河山中。

将军白发征夫泪：范仲淹

范仲淹少时孤贫，生下来的第二年父亲就死了。母亲不是正室，只好带着他改嫁，所以很小的时候范仲淹是姓朱的。朱家虽然是富贵人家，但范仲淹读书很用心，而且十分刻苦，为了激励自己，还一个人跑到寺庙里面去做寄宿生。

范仲淹每天就煮一锅粥，凉了以后切成四块，早晚各取两块，吃点咸菜，喝点醋，就算是一天的口粮了。这便是后世赞誉的"断齑画粥"的故事。

生活虽然清苦，但精神上还是比较丰富的。后来一次偶然的机会，范仲淹知道自己本来不是姓朱，含着眼泪，辞别生母养父，踏上了异地求学的路。

这一走就走进了宋代四大书院之一：应天府书院。

这里会集了许多知名教授和学子，人们在这里交流促进，共同进步，志趣才情俱佳的文化氛围深深地感染了范仲淹。学校藏书很多，对一个学生来说这是最直接的好处，当然还有最吸引人的政策就是免费。对离家出走的范仲淹来说，这实在是良好的求学圣地。

有同学见他生活清苦，就给他送些美食，结果他什么都不肯吃，怕自己的生活太过安逸，以后便吃不了苦。后来他终于如愿以偿高中进士，从此开始了近四十年的官场生活。

范仲淹受宰相晏殊推荐，负责皇家图书的整理与分类。而当时宋仁宗虽贵为天子，但大权却掌握在刘太后的手里。有一次刘太后大寿，令宋仁宗磕头跪拜。范仲淹挺身而出，认为君主之尊严乃国家之体面，不能轻易辱没。结果，随后不久，范仲淹就遭到贬官。

刘太后死后，宋仁宗便立刻调范仲淹回京。

1043年，在宋仁宗的催促下，范仲淹和富弼、韩琦等人起草了国家改革方案，史称"庆历新政"。

新政实施的短短几个月，社会面貌焕然一新，社会风气为之一正；那些富贵子弟渐渐受到了限制，人才选拔机制更见成效，一些有才之士常常会得到破格提拔。宰相权力更加集中，以提高政府部门的运作效率。

但是，和历史上任何一次深度改革一样，改革力度越大，成效越显著，受挫程度也越高。

很快，在保守派的诬陷下，改革失败了。范仲淹遭到贬官。

1045年，宋仁宗已经失去了励精图治的精神支柱，废除了新政，保守派的歌舞升平又恢复了原貌。

宋朝有一个奇怪的现象，很多皇帝都励志图强，奋发向上，想要大刀阔斧地革除弊政；但是到最后常常虎头蛇尾，草草收场。恐怕这也与大宋重用文臣有关。

文人多半容易热血沸腾，感性细胞比较发达，演说和煽动能力都很强。而宋朝的皇帝也颇有文化，文气十足，容易被激情感染，被理想刺激。说到底，皇帝与官员都是浪漫的理想主义者。这样的人，一旦遭遇挫折，通常很容易退缩。所以，每每遭到保守派的反扑，在皇权的退让与默认下，改革派很快就会被镇压下去，范仲淹如此，王安石也如此，欧阳修、苏轼等文人前后惨遭牵连的更是不计其数。

因为宋朝的文官没有死刑，对这种政治的起伏更是起到了推波助澜的作用，用"你方唱罢我登场"来形容宋代政坛一点也不为过。

1046 年，改革失败，范仲淹被贬官。此时，忽然收到好友滕子京的来信，邀请他为重修的岳阳楼作传，并送了一张《洞庭晚秋图》。范仲淹虽然此时身体不好，但还是答应下来。他挥毫泼墨，饱蘸感情的浓浆，奋笔疾书写下了千古名文《岳阳楼记》，表达了自己位卑未敢忘忧国的理想。

"居庙堂之高则忧其民，处江湖之远则忧其君"不仅是对同样贬官的朋友们的鼓励，也是执着于理想的体现。而"先天下之忧而忧，后天下之乐而乐"一句更是名垂千古。

和其他的文职人员不同，范仲淹曾亲历战场，带兵作战，许多军旅题材的词作广受青睐，最著名的便是《渔家傲》。

塞下秋来风景异，衡阳雁去无留意。四面边声连角起。千嶂里，长烟落日孤城闭。

浊酒一杯家万里，燕然未勒归无计。羌管悠悠霜满地。人不寐，将军白发征夫泪！

《渔家傲》

苍苍白发，空对南飞大雁，一杯浊酒，闷对落日孤城。英雄情怀的悲歌与幻灭，都在这一刻随长烟腾起。

　　当然，作为宋代卓越的政治家与文学家，除了家国愁恨之外，还有自己的一份闲情逸致。范仲淹不但工于诗文，且写过许多描写景致的词，其中以《苏幕遮》写得最是凄婉。

　　碧云天，黄叶地，秋色连波，波上寒烟翠。山映斜阳天接水，芳草无情，更在斜阳外。

　　黯乡魂，追旅思，夜夜除非，好梦留人睡。明月楼高休独倚。酒入愁肠，化作相思泪。

《苏幕遮》

　　自古文人多风流，而宋代文人由于生活的滋润与富饶，则更添几分情致。所以宋词中男欢女爱、相思成灾的主题简直多如牛毛，但能够写得像范仲淹这样沉痛的却并不多。

　　"碧云天，黄叶地"从天地大气之中抽取出无边秋色。远山、斜阳、芳草外，天水相连。感伤、旅怀、忧思、乡愁，令一切都黯淡无神。独倚栏杆，泪暗洒，一杯美酒，一怀愁绪，浓烈地在心里燃烧，化为无尽的相思泪。

　　然而，很多清代学者如张惠言等都认为此词并非写秋色，而是于苍凉的天地间抒发了范仲淹忧国的情怀。如果纵览范仲淹一生为国为民的事迹与情怀，似乎也有理由相信这首词是他爱国深情的另一种体现。而清代中后期，内忧外患让中国腹背受敌，在这种时刻，爱国的呼声往往更加响亮，也更容易引起清代学者的联想与共鸣。

　　不管《苏幕遮》到底是相思还是忧国，无可厚非的是，它是一首好词。就像范仲淹一样，无论有多少种身份，最重要的角色是将军，最深重的情感是爱国！

仰天长啸，壮怀激烈：岳飞

有人说，能够把坏人变成好人的时代就是好时代。那么，反过来说，一个英雄没有出路的时代，恐怕注定是没有希望的时代。生于乱世，女子们多希望世道安稳，而英雄们却希望可以改造时代。

"金戈铁马，气吞万里如虎。"能够战死沙场，对于将军来说，应该是最高的敬意和厚葬了。怕只怕，你空有一腔扭转乾坤之志，结果却未遇明主。

岳飞生于北宋汤阴县的一户佃农家。根据其身份推测，恐怕"岳母刺字"的故事只是传说的一种。但不管是否真有其事，岳飞的"精忠报国"之心，确是世所公认的。岳飞青年时期，目睹了女真族大规模的掠宋战争，深刻地感受到宋朝人民的艰难生活，所以很早就树立了恢复国土、讨还山河的志向。及至成年，他便和宗泽、韩世忠等英雄站到了抗金的第一战线。

岳飞带领岳家军冲锋杀敌，令金人闻风丧胆。1139 年岳飞把金兀术的十万大军打得落花流水，一举收复了郑州、鄢城、朱仙镇等几处重镇，令金兵连夜撤退。南宋几十年的抗金斗争至此才算有了根本性的转机。沦陷十几年的中原，总算有望回收。岳飞激动地对兄弟们说，"直捣黄龙府，与诸君痛饮尔"。

当胜利只有一步之遥的时候，岳飞的命运发生了戏剧性的逆转。

改变他命运的有两个人：一是赵构；二是秦桧。

赵构对岳飞又爱又恨。爱的是有了岳飞，他才能高枕无忧地当自己的皇帝，"撼山易，撼岳家军难"的口号，想必他也曾经听说过。他对岳飞的依恋主要是基于巩固其统治。但同时他也怨恨岳飞，而且害怕真的收复中原，父亲、哥哥被放回来，自己的皇位就不保了。所以，赵构的态度始终有点暧昧，既愿意看到岳飞的胜利，又不愿意看到岳飞的全胜。

秦桧的想法却不一样。他是主和派的关键性人物，和岳飞的主战派截然对立。假如岳飞迎回皇帝，那秦桧的地位便不保，说不定还会因始终苟且议和而受到处罚。所以，在"不战不统"这个立场上，秦桧和赵构是沆瀣一气的。

同年，宋金议和成功。赵构重赏岳飞，却遭到断然拒绝。岳飞直接指出金人对大宋江山不怀好意，秦桧投降误国不可取。而且表达了收复失地的信心，复仇报国，唾手可得。"今日之事，可危而不可安，可忧而不可贺。"

这些话对于打算苟且的赵构来说，无异于一盆冷水。对于秦桧来说，更是如芒在背。

就这样，赵构怕上了岳飞，秦桧恨上了岳飞，所以总想找个机会报复一下岳飞。

秦桧是主和派，身为宰相，所以肯定要负责外交事宜，所以他接到了金兀术的密电，大意是"不杀岳飞别想和平解决"。后来的"东窗事发"讲的就是秦桧密谋陷害岳飞的事。皇帝下了十二道金牌，属于航空特快，一连气地追岳飞回京。

岳飞明知道是个陷阱，但为了保存抗金的实力，不得不班师回朝。他无比悲愤地说："十年之功，废于一旦！所得诸郡，一朝全休！社稷江山，难以中兴！乾坤世界，无由再复！"

在百姓的夹道欢送、牵衣顿足中，在"莫须有"的罪名下，一个英雄的故事就此谢幕。

秦桧本想屈打成招，让岳飞认罪，无奈岳飞铮铮铁骨，宁折不弯。在他供状上只有八个大字"天日昭昭，天日昭昭"。

1142 年，三十九岁的岳飞惨死在风波亭。

二十年后，宋孝宗即位，替岳飞平反，官复原职，并高价求购了岳飞的尸体，以礼葬之。

时光飞逝，1200 年左右，隐居在临安府牛家村的郭啸天、杨铁心两位侠客，结识了著名的全真道士丘处机。三位英雄惺惺相惜，雪水烹茶，笑谈古今。

席间，丘道长见郭、杨两位夫人都身怀六甲，不禁感叹大宋江山所剩无多，以后务必令孩子们继承先烈的光荣传统，把抗金事业推向高潮。

此时，窗外风雪大作，室内群情激奋，三个人不由得朗诵起岳飞将军的传世名篇《满江红》：

怒发冲冠，凭栏处，潇潇雨歇。抬望眼，仰天长啸，壮怀激烈。三十功名尘与土，八千里路云和月。莫等闲，白了少年头，空悲切。

靖康耻，犹未雪。臣子恨，何时灭？驾长车，踏破贺兰山缺。壮志饥餐胡虏肉，笑谈渴饮匈奴血。待从头，收拾旧山河，朝天阙。

《满江红》

一首词吟罢，大家表情凝重，好男儿为国为民，丘道长说："以后孩子们要学习岳将军，永远不要忘了大宋的靖康之耻，不如一个叫'郭靖'，一个叫'杨康'吧。"

郭啸天和杨铁心两位闻言大喜。后来，这个叫郭靖的孩子，真的由于机缘巧合，得到了岳飞将军留下的《武穆遗书》，为保卫大宋的半壁江山做出了自己卓越的贡献。而这个风雪夜的三英聚会，便是电视剧《射雕英雄传》的开篇。

彼时，距离岳飞离世大概已经有六十年了。

一个甲子的轮回，并没有让宋朝百姓忘记岳飞；相反，人性的光芒反而历久弥新。

岳飞之所以受到人们的拥护和爱戴，不仅仅是因为他奋勇杀敌，还因为他严于律己、宽以待人。他一生从不奢华，教子有方，赏罚分明，不纵女色。

岳飞身上，凝聚了中国传统文化人格的最佳风骨，如一面明镜，正人正己；也因太过绝尘而令人心妒。在岳飞的高风亮节下，秦桧被人们按下了头颅。

杭州栖霞岭的岳飞墓前，有这样的一副对联，"正邪自古同冰炭，毁誉于今判伪真"，人们铸造了秦桧的铜像跪在岳飞将军的墓旁。

墓园内，柏树高种。

只恨堂堂大宋空无人：陆游

赢弱的宋朝，其实比任何一个时代都需要英雄。

只有英雄们的铁血和热情，才能铸造起一道坚固的长城，抵抗外族的骚扰。

然而，这似乎又是一个"英雄过剩"的时代。宋朝的英雄打仗的时候并不多，更多的时候都是朝廷在对外求和。

生在一个英雄无路的朝代，所有浪漫或现实的英雄主义都是一种悲哀。岳飞、陆游等都是此类的例证。

陆游生在北宋灭亡之际。不知道是不是因为这特殊的年代赋予了他的爱国情怀，令他的一生都深深地沉浸在这份激情与冲动之中。生于国家破败之时，复国之梦犹如不屈的灵魂，深深地注入陆游的血液中，并伴随岁月的起伏逐渐融化在他的心里。

可惜的是，他一生无数次请缨，却屡遭罢黜，最后不得不退隐田园，发出"壮士凄凉闲处老，名花零落雨中看"的感慨。所有的悲凉、沉郁和顿挫，都化为一首首《诉衷情》，深深地烙印在宋代的词史上。

当年万里觅封侯，匹马戍梁州。关河梦断何处？尘暗旧貂裘。

胡未灭，鬓先秋，泪空流。此生谁料，心在天山，身老沧洲。

《诉衷情》

写作这首词的时候，陆游已经年近七十，回忆起当年往事，不胜唏嘘。"胡未灭，鬓先秋，泪空流"三句，以"未""先""空"三种意象叠加，勾画出"烈士暮年，壮心不已"的感慨。心中报国之志犹存，不料身老沧洲。"男儿到死心如铁"的决心与"报国欲死无战场"的愤懑，都深深地消融在这首词中。其深切哀婉，遗憾与痛心，都深深地藏在字里行间，力透纸背，让人心碎。加上陆游一生的忠肝赤胆，不禁给人荡气回肠，绵绵不绝之感。

青衫初入九重城，结友尽豪英。蜡封夜半传檄，驰骑谕幽并。

时易失，志难成，鬓丝生。平章风月，弹压江山，别是功名。

《诉衷情》

有人说，恐怕是当年与唐婉的悲剧，令陆游深感爱情的绝望，所以才将自己的精力大把地泼洒在政治生涯中。可惜的是陆游的热情并未能得到政府的回应。

和辛弃疾一样，他们常常因报国无门，而不得不从战场上退回来，隐居在山野田园间。

> 莫笑农家腊酒浑，丰年留客足鸡豚。
> 山重水复疑无路，柳暗花明又一村。
> 箫鼓追随春社近，衣冠简朴古风存。
> 从今若许闲乘月，拄杖无时夜叩门。

《游山西村》

归园田居似乎是中国文人最终的归宿。陶渊明说，"羁鸟恋旧林，池鱼思故渊""误落尘网中，一去三十年"。

中国文人的归隐一般分为主动和被动两种。五柳先生属于主动的，归去来兮，实在厌倦了官场的争斗。

而陆游和辛弃疾这种归隐，多半是因为屡遭贬谪，愿意隐也得隐，不愿意退也得退。总之是不得重用，安排一个闲职罢了；免得你总是上殿来号召收复中原，典型一个"好战分子"。

大宋朝"以和为贵"，对友朋奉若上宾，根本由不得陆游这样的"野战军"天天摇旗呐喊。识相的人都愿意安逸地享受杭州的生活，品味江南格调的优雅。然而，即便好端端的景色，也能被陆游这种忧愤之士渲染得分外悲伤。

> 驿外断桥边，寂寞开无主。已是黄昏独自愁，更著风和雨。
> 无意苦争春，一任群芳妒。零落成泥碾作尘，只有香如故。

《卜算子·咏梅》

在这首词《卜算子·咏梅》里，陆游用桥边寂寞的梅花、暗自开放的清香，来衬托自己高洁的气质，喻义丰富，语境高雅，梅花的清香扑面而来，陆游的风骨也同样显得卓尔不群。苏轼说："江山风月，本无常主，闲者便是主人。"各花入各眼，有的人可以从自然常态、落花流水中读出青春易逝、人生苦短；而有的人却可以从中品咂出寂寞的况味、落寞的心酸。

所以，世上的英雄本也是没有大不同的，不同的只是大家生在了不同的时代。

而陆游不幸生于宋朝，生在离乱而又覆灭的年代，这似乎注定了他一生的漂泊与艰辛。

在风雨之夜，陆游一个人躺在山野孤村之中，窗外雷鸣电闪；心里的孤寂、身世的悲凉、时代的风雨、国家的飘摇，都在这样一个夜晚涌上心头，陆游轻轻地吟诵起这首《十一月四日风雨大作》：

僵卧孤村不自哀，尚思为国戍轮台。

夜阑卧听风吹雨，铁马冰河入梦来。

《十一月四日风雨大作》

无法体会，在那样的夜里，陆游的心里到底是多么无奈，一个英雄末路的时代，不仅令人悲哀，也让人惋惜。当"暖风熏得游人醉，直把杭州作汴州"的人们享受偏安的乐趣时，陆游这样的人却孤独地做杜鹃啼血状。

这有点像鲁迅笔下"黑屋子里的先觉者"，悲哀地求救，却不幸打扰了其他人的美梦。

俗话说，"人之将死，其言也善"，人们在告别人世的时候，恐怕才对周围的人世沧桑有真正的体会。陆游在临终的时候，写给孩子的

《示儿》，不但深深地表达了自己没有见到中原统一的悲切，也为自己一生的爱国激情树立了不朽的丰碑：

> 死去元知万事空，但悲不见九州同。
> 王师北定中原日，家祭无忘告乃翁。
>
> 《示儿》

陆游对宋朝的热情，用一句歌词来说，还真是"死了都要爱"呀！

可惜的是，再执着的手也握不住时间的河流，命运如细沙，在指尖轻轻地溜走，后人们只能在《金错刀行》的字里行间寻找陆游的旧梦，以及那曾经挥刀的豪情。

> 黄金错刀白玉装，夜穿窗扉出光芒。丈夫五十功未立，提刀独立顾八荒。京华结客尽奇士，意气相期共生死。千年史册耻无名，一片丹心报天子。尔来从军天汉滨，南山晓雪玉嶙峋。呜呼，楚虽三户能亡秦，岂有堂堂中国空无人。
>
> 《金错刀行》

堂堂大宋，竟然找不出人来收复中原，这恐怕是陆游至死也不明白的道理吧。

一个宁愿碾作尘土也要保有清香的人，怎么会明白苟且偷生中的猫腻呢？

清明浩荡，肝胆皆冰雪：张孝祥

古代读书人的唯一出路就是"科举"，中状元则是这条崎岖坎坷路的光辉顶点。但凡能高中状元的人，多为"异类"；人们常常在他们的故事上增加一圈耀眼的光环，虽为传奇，但也神采奕奕。

据说，有一个状元少年读书时，听到池塘中蛙声不断，一生气拿着砚台砸到水里，池内立刻寂静无声。此后，这个水池中再无蛙声喧闹，所以人们称此为"禁蛙池"。

而这个少年，就是后来宋高宗御笔钦点的状元——张孝祥。

张孝祥考状元一事颇费周折。因为与他同年参加考试的还有秦桧的孙子。秦桧为了让自己的孙子能够金榜题名，有效地利用了官场的"潜规则"，用自己的权势令主考官屈服。迫于秦桧的宰相身份，考官当然不得不把他的孙子列为状元。

但试卷送到宋高宗的手里，皇上有点生气，秦桧的孙子说的话和秦桧平时都一个套路，毫无创见。而张孝祥的卷子很有自己独到的见解，而且字写得也比较好；联想起秦桧平时的所作所为，宋高宗心中就有数了。于是，宋高宗决定举行殿试。

张孝祥考完试之后，才知道秦桧做了手脚，心里非常郁闷，整天借酒消愁。结果有一天忽然传来皇帝要殿试的消息。他当然激动，矗立庭前，提笔成文，龙飞凤舞一气呵成，连标点都来不及点。宋高宗一看，这明明就是人才啊！立刻将其钦点为状元，也借此打击一下秦桧的嚣张气焰。

等到张孝祥中了状元后，秦桧的奸党曹泳为了拉拢新科状元，决定把自己的女儿嫁给张孝祥。张孝祥本就痛恨秦桧他们，加上"状元潜规则"一事后，更是深恶痛绝，硬生生地拒绝了这门亲事。

更令秦桧冒火的是，张孝祥刚刚登第就上书皇帝为岳飞喊冤，这等于公开和秦桧做对。

秦桧于是编造了一个罪名，告张孝祥父子谋反。就这样，张孝祥的父亲张祁被打入大牢关押。但不幸之中的万幸是，秦桧很快就死了。于是张孝祥上书皇帝为父申冤，便平了反。

从此后，张孝祥为皇帝起草诏书，批阅文件，开始了真正的仕途生活。

张孝祥任职期间，刚正不阿，屡屡上书提议加强边防、抵御金人，还提出了许多改革的举措，显示了远大的政治理想。张孝祥一生词作也多以恢复中原为志向，对朝廷不用贤才，尤其是屈辱求和表示了极大的愤慨。他的著名词作《六州歌头》正是这一情绪的宣泄。

长淮望断，关塞莽然平。征尘暗，霜风劲，悄边声。黯销凝。追想当年事，殆天数，非人力；洙泗上，弦歌地，亦膻腥。隔水毡乡，落日牛羊下，区脱纵横。看名王宵猎，骑火一川明，笳鼓悲鸣，遣人惊。

念腰间箭，匣中剑，空埃蠹，竟何成！时易失，心徒壮，岁将零。渺神京。干羽方怀远，静烽燧，且休兵。冠盖使，纷驰骛，若为情！闻道中原遗老，常南望、翠葆霓旌。使行人到此，忠愤气填膺，有泪如倾。

《六州歌头》

这首词是张孝祥留守建康时期，在一次宴席上所赋。主战派张浚听后感慨良多，起身离座。词的上阕主要写宋金对峙的局面，下阕写自己的壮志难酬。从朝廷当政者安于现状，到中原百姓空盼复兴，其中往来穿梭"时不我待"的感伤，令人读罢悲壮难平。"忠愤气填膺，有泪如倾"，更加重了山河破碎风飘絮的凄凉。就如杜甫的诗历来被尊为"诗史"一样，这首《六州歌头》也被很多名家称为"词史"。而在宋代的词史上，张孝祥也的确是承前启后的一代，是由苏轼过渡到辛弃疾的一位重要词人。

张孝祥填词，一方面，学习苏轼的"疏豪"，上面一首《六州歌头》就是此类的典范。另一方面，他也学习苏轼的"狂放"，兼容浪漫主义情怀，运笔自如，如法天成。此类翘楚当数《念奴娇·过洞庭》：

洞庭青草，近中秋、更无一点风色。玉鉴琼田三万顷，着我扁舟一叶。素月分辉，明河共影，表里俱澄澈。悠然心会，妙处难与君说。

应念岭表经年，孤光自照，肝胆皆冰雪。短发萧骚襟袖冷，稳泛沧溟空阔。尽挹西江，细斟北斗，万象为宾客。扣舷独啸，不知今夕何夕。

《念奴娇·过洞庭》

古人写作诗词，名为风景而实为情怀。面对万顷山光水色，人们常常会感觉到自身的渺小与人世的无常。有留恋，有憧憬，有怅惘，也有叹息，有青春的痴情也有家国的忧患，种种复杂的深情交织在一起，便让敏感的诗人们觉出人生苦短、壮志难酬的悲壮。

陈子昂感伤"念天地之悠悠，独怆然而涕下"；张若虚感慨"今人不见古时月，今月曾经照古人"。当张孝祥的偶像苏轼乘一叶小舟划

过赤壁时，也感叹"天地曾不能以一瞬……物与我皆无尽也"。面对天地间恒常的清风明月，人们常常会不自觉地沉浸在澄澈的感觉中，悠然自得，体会天人合一的妙悟。

在中国古典文学中，很少有单纯描绘景色的诗词，所谓"诗中有画，画中有诗"，才是中国审美里最为上乘的艺术境界。山川之峭拔，湖水之明净，都可以体现出内心的嶙峋、壮美和宁静。而"孤光自照，肝胆皆冰雪"更是对自己情感、人格的一种提升与净化。西江北斗，万象尽为宾客，作者在反客为主的时候，情动于衷不能自已，禁不住扣舷而歌，"不知今夕何夕"。从忘情于自然美景，到忘怀得失，最后登上了忘我的高峰，安静恬淡"无一点风色"的洞庭湖，居然也雷霆万钧，壮志凌云起来。

回头去看历史上的张孝祥，他有胸襟，有胆略，有气魄；才华、词风和人品都直逼苏轼。也因其优秀而常常希望能够独辟蹊径，开创属于自己的风格。水天之间的张孝祥寄托了自己的梦幻与理想，也将内心的壮怀激烈与孤傲高洁巧妙地融合在了一起，不但秉承了苏轼的豪放，也开创了后世辛派词人的沉郁和悲凉。

儒冠误身，英雄无路：辛弃疾

如果说苦难是一所人生的学校，那么辛弃疾一定是这所学校里优秀的学员。辛弃疾出生的时候，北方已经沦陷了。在他著名的《美芹十论》中，曾写到祖父虽然在金任职，但常打算"投衅而起，以纾君父所不共戴天之愤"，也会领着辛弃疾"登高远望"，指点山河如画。他目睹了女真族如何残酷蹂躏汉人，也见证了野蛮对文明的凶残。一腔报国雪耻之情就此熊熊燃烧。

如同一枚硬币的两面，金人的统治虽然令辛弃疾感到压迫与耻辱，但北方文化的粗犷却赋予了辛弃疾豪放的性格。

广阔的胸襟，不羁的情怀，侠客的风范，这些都深深内化为一股精神的力量，慢慢融化在辛弃疾的词风中，令他的词作骨气奇高、卓尔不群。

少年立志总归是人生之幸，它可以指引你未来生活的方向。

二十二岁时，辛弃疾成功地在乱世中找到了突围的良机。他跟从的起义部队因叛徒的出卖而惨败，他居然带着五十几人袭击敌营，把叛徒抓回建康，交给南宋的朝廷。世人多所不具备的果决与勇敢，就这样在这个年轻人的身上大放光彩。洪迈在《稼轩记》中记载辛弃疾"壮声英概，儒士为之兴起，圣天子一见三叹息"。

好一个人见人爱的辛弃疾！

宋高宗大喜，任命辛弃疾为江阴签判，从此开启了他的仕宦生涯。此时，辛弃疾年仅二十三岁，人生的大幕就这样在一片掌声和赞叹中徐徐拉开。

然而，少年得志却常常是不同的人生。如晏殊者赐进士出身，一生太平宰相，优哉游哉。而辛弃疾却是带着收复中原、建功立业的一腔宏愿而来，这就注定了他一生很难平凡，而不平凡的人生常常又很难平坦。

辛弃疾被宋高宗赏识，高调出镜，而不久后即位的宋孝宗，也显示了收复失地的志向，令辛弃疾一度认为得遇明主，终于可以指点江山，挥斥方遒。他还热情地写下了许多抗金北伐的文章，著名的《美芹十论》便是其中的代表。

可是，年轻的辛弃疾并不太了解南宋的羸弱与怯懦，更不知道长久以来，人们已经厌倦并惧怕了战争。朝廷非常欣赏辛弃疾的才能，安排他在江西、湖南、湖北等地身居要职，治理一方天下。辛弃疾凭借自己的才干，工作上十分出色，业绩也做得顶呱呱。可是，在这些职位上，他并不能真正实现自己的理想。他一次次上书，论证"还我山河"的梦想，却一回回亲眼见证了梦想的破灭。

辛弃疾年轻有为锋芒毕露，又有着了北方人的直率，极力主战却屡遭主和派暗算，不断受到排挤。后来干脆被朝廷安排了一个闲职，虽然逍遥，却与鸿鹄之志相去甚远。一股壮志难酬的悲凉不禁悄悄笼罩在他的词中。

千古江山，英雄无觅，孙仲谋处。舞榭歌台，风流总被，雨打风吹去。斜阳草树，寻常巷陌，人道寄奴曾住。想当年，金戈铁马，气吞万里如虎。

元嘉草草，封狼居胥，赢得仓皇北顾。四十三年，望中犹记，烽火扬州路。可堪回首，佛狸祠下，一片神鸦社鼓。凭谁问：廉颇老矣，尚能饭否？

《永遇乐·京口北固亭怀古》

这首著名的《永遇乐·京口北固亭怀古》写于 1205 年。当时，韩侂胄正奉命北伐，而朝廷也启用了久被闲置的辛弃疾。可是，辛弃疾心里十分清楚，这不过是一场打着他"骨灰级主战老将"的品牌战罢了。一方面，多年来官场的险恶令他深恶痛绝；另一方面，韩侂胄独揽朝政轻敌冒进令他担忧。这些都让他清醒地知道自己很难有所作为。

可是，锣鼓齐鸣的战争又令他热血沸腾，想跃马驰骋，纵横疆场。在这种失落与矛盾中，夹杂着久违的深深的激情。在这种情绪的支配下，辛弃疾登高怀古，写下了这首忧思深远、千古传唱的名篇。

词作以怀念古代英雄的壮举为主线，间或穿插王朝兴衰成败的典故，借古喻今，将历史的恢宏与人物的血脉相连，抒发了自己的愤懑与悲怆。而"四十三年，望中犹记，烽火扬州路"的感慨是辛弃疾最为伤痛的记忆。

四十三年前的 1162 年，年仅二十二岁的辛弃疾击破南下金兵，带动人心振奋，北方义军纷纷起义，女真的中原统治岌岌可危。无奈，战争遭遇曲折的时候，主和派又占上风，议和成功，南北分裂已成定局。

遥想青葱岁月的硝烟战火，不禁感慨：奔腾年代已逝，唯余功业成空的不惑。

最后一句"廉颇老矣，尚能饭否"大有老且弥坚不坠青云之志的豪爽，与当年廉颇"一饭斗米，肉十斤，披甲上马"的形象遥相呼应。作为一代英雄，辛弃疾的壮志在胸，只能为他留下深深的遗憾；然而作为一代词家，他的慷慨悲凉却成全了他词史上的地位。

辛弃疾的词和苏轼齐名，并称"苏辛"；和李清照并称"二安"。其性情磊落，为词为文，如天地奇观，所以有人称赞他是"人中之杰，词中之龙"。后世常常把他和苏轼进行比较，盘点出他们各自的风貌。

苏轼的词潇洒豁达，自有文人的一份浪漫与从容；而辛弃疾的词多沉郁悲凉，自有英雄落寞的一股苍茫与感伤。苏轼与辛弃疾如诗中的李白和杜甫，前者轻盈飘逸，后者沉重忧伤。故辛词中最常见到的就是英雄气概与无处施展的豪情。

千古江山，万古长青，英雄却难以找到自己的出路。正是：

> 山前灯火欲黄昏，山头来去云。鹧鸪声里数家村，潇湘逢故人。
>
> 挥羽扇，整纶巾，少年鞍马尘。如今憔悴赋招魂，儒冠多误身。

《阮郎归》

这首《阮郎归》将青山、村舍、鹧鸪、黄昏等自然景观，和羽扇纶巾、鞍马烟尘等融合在一起描绘，既有指挥万马千军的潇洒，也有哪堪岁月折损的感叹。

"儒冠多误身"一句竟然出自南宋顶级词人的笔下，令人不禁唏嘘，感慨良多。

按照辛弃疾的心志，他希望自己可以是战死沙场的将军，结果却身怀绝技回乡务农。这份苦闷诉诸词作中，只能变成读书人的一声长叹。

但英雄毕竟是英雄，虽有末路之苦，却依然能够享受田园乐趣。

农村风光的秀美陶冶了他的情操，抚

平了那一份焦躁，令他的沉雄之中显得细腻；儿女情始终都是英雄气最温暖的依靠。

　　茅檐低小，溪上青青草。醉里吴音相媚好，白发谁家翁媪。
　　大儿锄豆溪东，中儿正织鸡笼。最喜小儿无赖，溪头卧剥莲蓬。

《清平乐·村居》

　　辛弃疾的农村词作中，安居田园生活的作品不在少数，但这首《清平乐》却是佳作中的代表。小令惟妙惟肖地讲述了一家五口人悠闲自得的生活情趣。茅屋、小溪、青草，白发夫妻相伴，三个儿子不懂世事，自顾自地玩耍，秀美的农村风光深深地烘托了一家人的幸福时光。

　　"七八个星天外，两三点雨山前""城中桃李愁风雨，春在溪头荠菜花"，辛弃疾以平和冲淡、朴素恬适的农村生活填补自己生活的空白。只可惜，这种安宁的生活常常会激起英雄抗金复国的热情，"千古兴亡多少事？""天下英雄谁敌手？"这个已经不再"为赋新词强说愁"的英雄，终于还是发出了"闲愁最苦"的感叹！

天地男儿的军旅梦：刘克庄

　　每个男人的心中都有一个军旅梦，在他们的内心深处总为自己留有一片海阔天空。金戈铁马，侠肝义胆的天地，这是男人的梦，也是男人的魂。刘克庄也不例外。

　　虽然在诗词上颇有造诣，但他似乎并不满意自己只是个词人的身份，在他的许多作品中可以看到他将自己塑造成了忠肝义胆、义薄云天的英雄。生于乱世，刘克庄的词和同时代其他词人比起来，多了一些悲壮与激昂。

　　南宋末年的荒乱是无法想象的，对于刘克庄来说，这个风云多变的年代，应该是他施展抱负的大好时机。可事与愿违，南宋皇帝并不愿与人抗衡，只想安守江南一隅，过起自欺欺人的生活。

　　对于胸怀天下的男人来说，怀才不遇、报国无门是最无法忍受的痛苦。所以刘克庄非常郁闷，只能把一腔热情泼洒在词作中。这是唯一能够让他自由发挥的天地。

　　何处相逢？登宝钗楼，访铜雀台。唤厨人斫就，东溟鲸脍；圉人呈罢，西极龙媒。天下英雄，使君与操，馀子谁堪共酒杯？车千乘，载燕南赵北，剑客奇才。

　　饮酣画鼓如雷，谁信被晨鸡轻唤回。叹年光过尽，功名未

立；书生老去，机会方来。使李将军，遇高皇帝，万户侯何足
道哉！披衣起，但凄凉感旧，慷慨生哀。

《沁园春·梦孚若》

　　以怀念朋友的梦境作为起笔，将自己的心弦波动书写出来，刘克
庄在这首《沁园春·梦孚若》中写出了内心的不满。词的上阕是写梦
境，一场与朋友相逢的美梦，梦中登高望远，意气风发，二人好像三
国群英一般豪情万丈，在铜雀台直抒胸臆，好不痛快。

　　然而梦毕竟是虚无缥缈的，现实在梦醒时分变得更加残酷。看着
年华逝去，功名未立，机会就这样在日日虚度中流失，待到最后两鬓
斑白，还是一无所成。

　　想为国效力的愿望原本不难实现，但放在刘克庄的年代，就好像
是一个奢望。在奢求无果后，他只能黯淡离场。既然国家已经不再需
要他，不如悄然走开，总好过留下后无事可做的尴尬。

　　一卷阴符，二石硬弓，百斤宝刀。更玉花骢喷，鸣鞭电
抹；乌丝阑展，醉墨龙跳。牛角书生，虬髯豪客，谈笑皆堪折
简招。依稀记，曾请缨系粤，草檄征辽。

　　当年目视云霄，谁信道凄凉今折腰。恨燕然未勒，南归草
草；长安不见，北望迢迢。老去胸中，有些磊块，歌罢犹须著
酒浇。休休也，但帽边鬓改，镜里颜凋。

《沁园春·答九华叶贤良》

在这首《沁园春·答九华叶贤良》中，刘克庄将自己描写成一个精通兵法、文韬武略的将才。据史料记载，年少时刘克庄的确是熟读兵法，如他在词中所写的那样"一卷阴符，二石硬弓，百斤宝刀"。上阕从广交好友和习武建功立业等方面入手，塑造了词人作品中的人物，而这人物正是他对自己的白描。在刘克庄看来，只有做到词中所写的那样，人生才是最为饱满的。

在下阕中，他道出了世事苍凉之感。作为南宋后期的爱国人士，刘克庄一直是遗世独立、桀骜不驯的。也正因如此，他在朝为官时，总因为拒绝同流合污而遭到弹劾，屡屡被罢官。政治生涯的崎岖坎坷令他渐渐感到报国无门。

于是他只能效仿前人，将郁郁不得志的愁闷，排解到山水和诗词中。毕竟，那里有着可以自由呼吸的空气。

赤日黄埃，梦不到、清溪翠麓。空健羡、君家别墅，几株幽独。骨冷肌清偏要月，天寒日暮尤宜竹。想主人、杖屦绕千回，山南北。

宁委涧，嫌金屋；宁映水，羞银烛。叹出群风韵，背时装束。竟爱东邻姬傅粉，谁怜空谷人如玉？笑林逋、何逊漫为诗，无人读。

《满江红》

观全词，刘克庄将心境与叙事恰到好处地结合在了这首《满江红》里，处处可见奇神秀骨。梅花迎风傲雪，孑然独立。就如刘克庄在萎靡时代的豪迈气概一样，傲然挺立，卓尔不群。虽无刀兵之气，却也可以感受到心底隐隐埋藏的爱恨情仇。

刘克庄的后期词作较前期有了许多的淡定，他会借由登上高楼放眼天际的时机，在更广阔的时空舒展自己一如既往开阔的心胸。可惜，那里本来是可以装得下整个江山的，如今却空空荡荡，一无所有。

荒烟蔓草，埋掉了所有的神伤。

湛湛长空黑，更那堪、斜风细雨，乱愁如织。老眼平生空四海，赖有高楼百尺。看浩荡、千崖秋色。白发书生神州泪，尽凄凉、不向牛山滴。追往事，去无迹。

少年自负凌云笔。到而今、春华落尽，满怀萧瑟。常恨世人新意少，爱说南朝狂客，把破帽、年年拈出。若对黄花孤负酒，怕黄花、也笑人岑寂。鸿北去，日西匿。

《贺新郎·九日》

这首《贺新郎·九日》奇峰突起，分量十足，感情丰沛，用夸张和细腻的笔法将烦乱不堪的愁绪紧密衔接，词中充满了低沉回转的情调："白发书生神州泪，尽凄凉、不向牛山滴。追往事，去无迹。"同时，又用磅礴的笔势，将情景很好地交融在了一起，令这首词起伏跌宕，错落有致，可算是当时词坛的一株奇葩。

时事造就英雄，无奈，刘克庄只能在宋词中做一世的英雄梦。

人生不如意十之八九，生于南宋固然是刘克庄的幸运，也同样是他的悲哀。所幸的是，那个朝代的风云变幻成就了他词坛上不可撼动的地位；可悲的是，同样的风云变幻令他终生低迷，永无出头之日。

幸与不幸只是一念之间，或许诚如他所填之词，一切都是天注定。

何处相逢不生哀，皆是雨洗风吹罢了。

一叶扁舟，踽踽独行：蒋捷

　　身为"宋末四大家"之一的他写道："流光容易把人抛，红了樱桃，绿了芭蕉。"乘船漂泊在旅途中的倦游归思之情在词中显露无遗，透过书卷可以想象，千年前，在江中一叶翩翩小舟中，一名男子神色萧索，独坐船舱之中，看着江面江水流动，宛如时光一般。他刚想伸手去抓住，却不由得随小舟前行，手中只有倏忽间留下的几颗水滴。

　　他叫蒋捷，号竹山，是江南一地的望族后人，在南宋末期考取了进士。可惜，还未及被授予官职，风雨飘摇中的南宋便消亡了。

　　而蒋捷也就此隐居在太湖竹山，不再出仕，抱节以终。

　　人生长路，很多事总是由不得我们的选择。世事无常且无情，漫漫长路，只能且行且珍重。

　　蒋捷的选择注定了这一生都是要漂泊的，他就像永不停歇的飞鸟，盘旋在天地之间，或许只有当他最后真的倦怠时，才能停在枝头。

　　身后千山万水的长路，他只能一人独行。因为他的心中有亡国之痛，这痛难以消除，只有靠自己来治愈。

白鸥问我泊孤舟，是身留，是心留？心若留时，何事锁眉头？风拍小帘灯晕舞，对闲影，冷清清，忆旧游。

旧游旧游今在否？花外楼，柳下舟。梦也梦也，梦不到，寒水空流。漠漠黄云，湿透木棉裘。都道无人愁似我，今夜雪，有梅花，似我愁。

《梅花引·荆溪阻雪》

这首词名为《梅花引·荆溪阻雪》，是在南宋灭亡蒋捷归隐后所作。当时恰值寒冬，他乘船在外，忽逢大雪，江面被冰雪阻挡，只得将小舟停于荒野之上，等风雪稍小后再启程上路。

然而旅程漫漫，实在是寂寞难耐，枯坐在船舱中的蒋捷放眼望去，四周一片白茫茫境地，怀旧之情油然而生，便写下这首《梅花引·荆溪阻雪》。

虽然正逢风雪当头，但他开篇并不写风雪，而是以虚写实，用白鸥发问引出自己去留不得的尴尬心情。

"是身留，是心留？"词人嘴角挂着自嘲的笑容，其实身留又如何，心留又何妨？

在风雪阻断的激流之中，看着天空一片白茫茫，那时才感觉这个天地是真的干净了些。

整首词看来的确如此，虽然看起来似乎在为去留而烦恼，其实却

是围绕着"心若留时，何事锁眉头"这句而展开。不禁令人赞叹，蒋捷作词实在是用心良苦。

词的上阕在疑惑是去还是留的问题，但纵观全词，通篇都在围绕一个"愁"字。

实际上，蒋捷并不是在这片江水之上，难以决定自己的去留，而是在当时所处的整个时代洪流中，难以找寻到自己的方向。

在张爱玲的小说《半生缘》中，曼桢在遭逢世事变故后重遇世钧，并没有想象中的那么兴奋与欣喜，而是满面惶恐，对这个她曾经深爱的男子低语："回不去了，再也回不去了。"

蒋捷的不安就如曼桢一般。

蒋捷独坐在风雪交加的江面上，与他相伴的只有一叶扁舟。"梦不到，寒水空流"，那过去的一切就像身下悠悠而尽的江水，是他拼尽全力也无法抓住的往事。

这是他心中所悲苦的事情。从早年考取功名可以看出，他的内心是希望进入仕途的，只是命运弄人，因为爱国的气节，他才选择隐于太湖。

词末，他提到了"今夜雪，有梅花，似我愁"。众所周知，蒋捷是爱梅之人。因为梅花高洁，开在苍茫的冬季，傲然独立于大风大雪中，正是蒋捷情操的依托与象征。梅花的傲雪迎风，不也正是他寂寞生活中深深的愁苦吗？一首《梅花引》道出了梅花的清妍之美，同时也说出了蒋捷自己的心境。

世事苍茫，宛转逆折，说什么在劫难逃、宿命所归都是无用的。只消在这安静的雪天里聆听寂寞的声音，就已足够。

梅花开落，繁华多少事，又凋零多少心。

流年似水，当年金榜题名的情景似乎还近在咫尺，物是人非，今朝却已是咫尺天涯。

内心的隐痛和消沉终于还是不足为外人道之的。

枫林红透晚烟青，客思满鸥汀。二十年来，无家种竹，犹借竹为名。

春风未了秋风到，老去万缘轻。只把平生，闲吟闲咏，谱作棹歌声。

《少年游》

这首《少年游》以写景起调，叶红烟青，虽然极尽绚烂，但是细品下又可觉出凄凉。

深秋时分，枫叶再红也躲不开凋零落地的命运，烟雾虽美，但上升中也总会缥缈散去。人世间的事情总是美到极致便会悄然凋零。思及至此，蒋捷的身世之感自是不言而喻的了。

晚年的蒋捷心情复杂，写下一首听雨词。

然而，他听的不是雨，是寂寞，他在追思自己一生颠沛流离的生活。

他写的也不是雨，是自己凄风苦雨、动荡不安的一生。他要将萦绕在他心头多年的愁绪一并从笔尖喷薄而出。

少年听雨歌楼上，红烛昏罗帐。壮年听雨客舟中，江阔云低，断雁叫西风。

而今听雨僧庐下，鬓已星星也。悲欢离合总无情，一任阶前，点滴到天明。

《虞美人·听雨》

这首《虞美人》从听雨入手，将蒋捷一生的境况一一展现，通过时空的跳跃，把他这一辈子的心事都融汇在了里面。人生，不过就是在时间这个舞台上，演绎戏台上才有的剧情。不然，为何正是春风得意、意气风发时，命运的轨迹突然急转直下，将他送入暗不见底的深渊呢。

从此，再没有灯红酒绿的逐笑，也不会再有那风光无限的青春，一切来去都太过匆匆，甚至匆忙得令人怀疑，这是否就是自己曾经刻骨铭心经历过的岁月。

抚今思昔，百感交集，蒋捷在太湖小舟上看湖面上落下的雨丝，他是否还会记起当年谈笑间便夺得魁首，又是否能料到来日双鬓斑白时，依然躲在这船舱中听雨？

看雨听风，人生在离乱后逐渐憔悴。

"一任阶前，点滴到天明"，从旧时的自己到而今的自己，在尝遍悲欢离合后，对待世事的态度已心如止水，波澜不惊了。这首词所写的不仅是蒋捷个人从风光到衰老的历程，也可透见到南宋从兴盛到衰亡的嬗变轨迹。

他在说自己，又何尝不是在谈时代？

人生是一本太过仓促的书。有时候，仓促间还来不及细读，一切就早已被雨打风吹了。

苍茫大地踽踽独行，回首间，想再看一眼年少的自己、风光的故国，已经不能够了。

有时候，一转身，就是一辈子。

岁月淡美，
人生简静

他们超脱凡尘俗世，情怀高拔挺秀，为文人的躬耕自守、恬退隐居树立了范本。摘春花泡酒，听夏风浅吟，赏温柔秋月，寻冬雪腊梅。当一个对红尘不理不问的渔樵闲人，守着青瓦老宅，日出忙活，日落读书，听鸟鸣，闻花香。人间之事，如同飘入掌心的水滴，倏忽而至又倏忽而逝。抓不住影踪，不如随缘。

隐士出名也风流：林逋

中国古代的隐居其实分很多种。

黄庭坚、苏轼等属于"以官为隐"，宦海沉浮，冰雪聪明的人，早把世间看破。虽身在官场，但心里闲云野鹤，已然"上朝为官，下朝是仙"。

第二类属于"以隐为官"，这种人多半胸怀雄图大志，"天下事了然于心"，但苦于时机不成熟，所以只好隐居。有才华的人能够低调隐居，名气常常会越来越大，隐着隐着，被明君发现，请之出山入仕，从此平步青云。王安石、诸葛亮皆属此类典范。

还有一类就是"以隐为隐"，就如林逋一样，任你千呼万唤，我就是不入官场，甚至连城市的大门都不肯进，怎一个"倔"字了得。

　　林逋是北宋初年著名隐士，目下无尘、孤高自许，隐居在西湖边的孤山；二十年不入城、不入仕。他终身未婚无子，植梅养鹤，人称"梅妻鹤子"。

　　提到林逋，人们首先想到的自然是他的诗："众芳摇落独暄妍，占尽风情向小园。疏影横斜水清浅，暗香浮动月黄昏。"一首小诗，田园之乐，暗夜之情，跃然纸上；满溢的遐思和仰望在后人的心头层层荡漾，隐居的清雅和高逸，也如夜半歌声，缥缈而至。因为这首《山园小梅》实在声名太响，所以人们往往忽略了林逋的词。

　　林逋一生存词三首，《长相思》便是其一：

　　吴山青，越山青。两岸青山相送迎，谁知离别情？
　　君泪盈，妾泪盈。罗带同心结未成，江头潮已平。

《长相思》

　　这首《长相思》虽然写的是离愁别绪，但笔调清新优美。上阕写景，"吴山青，越山青"两个叠字的运用，在复沓的民歌中唱出江南美景。一句"谁知离别情"似乎是对亘古青山的怨怒，也像是对情人的嗔怪，别有意味。

　　下阕由景入情，"君泪盈，妾泪盈"，满纸离别之痛，泪眼婆娑，哽咽无言。同心未成潮已平，自是人生长恨水长东。

　　吴、越为春秋时期古国之名，在今江浙一带。这里自古以来明山秀水，风光无限。而锦山秀水，也阅尽人世悲欢。

　　林逋长期隐居西湖畔，孤傲的情怀，向来为人称道。人们一直以为"和靖先生"妻梅子鹤，清心寡欲，不食人间烟火，一定是爱情的"绝缘体"。不承想，原来林先生对人间真爱也如此深情。

　　后人无数次揣测，是不是因为受了什么外力的干扰，林逋的爱情不能如愿，才隐居孤山，与动植物为伴？

　　然而不论如何解读，历史只有一个结局：他是清高的隐士，无子，未婚。

　　似乎中国古代的隐士总是很难真正归隐，即便退守深山，也还是招来无数的羡慕。名士梅尧臣就曾经踏雪寻山，拜访林逋。而北宋名臣范仲淹也是林的一个好友。可见，林逋虽隐，但对于庙堂与江湖之事，定是了然于心的。

　　三两旧友，于风雪之日围炉话谈，江山如此多娇，才情如此俊秀，饮酒取暖，谈笑风生；纵然隐蔽孤山，亦不乏生活情趣。足见林逋的隐居只为避世却并不厌世。

　　避世，乃避红尘琐事；厌世，多为心灰意冷。宋初之际江山甫定，书生们意气风发，正是指点江山豪情万丈之时，加上政治上对文人的特殊照顾，平素还能有几个要好的朋友经常走动，可以想见林逋的隐居生活还是比较滋润的。

　　古人隐居者虽多，但能丝毫不被政治风波所牵扯，隐得如此功德圆满、自在洒脱的却并不多见。

　　也正是因为这份优雅和从容，林逋的才华得到了充分的发挥。除了《长相思》外，还有一首《点绛唇》，写得也是气韵生动：

　　金谷年年，乱生春色谁为主？余花落处，满地和烟雨。
　　又是离歌，一阕长亭暮。王孙去。萋萋无数，南北东西路。

《点绛唇》

　　中国常有"萋萋芳草喻离愁"的文学传统，如"青青河畔草，绵绵思远道"（《饮马长城窟行》），"又送王孙去，萋萋满别情"（《赋得古原草送别》），无处不生的春草，犹如人们无处不在的深情，别意缠绵，难舍难分。然而林逋的这首《点绛唇》却于众多咏物诗词中脱颖而出。

残园、乱春、烟雨、落花、离情、日暮，在阡陌交通的小路上不断蔓延，全词无一"草"字，却字字令人联想到芳草萋萋，写景抒情浑然一体，被奉为咏物词的佳作。王国维更是称赞其为"咏春草三绝调"之一（另两首为梅尧臣的《苏幕遮》和欧阳修的《少年游》）。

古人咏春咏草多为感怀伤世，以屈原为首的文人骚客，也多以香草美人自喻，含蓄地表达自己对君主的忠贞，以及愿意为江山社稷肝脑涂地的决心。所以，这类"八股写法"常常是托物言志，鲜有真诚、纯粹的咏物之作。

唯此，林逋的词中融进了自己的离愁别恨，又无关时局的波澜，在眼界和境界上自然与别家不同。其颇得盛赞也是情理之中。

从林逋的隐居情况来看，宋初虽偶有征战，但生活还算安逸，用现代词汇来讲，比较"休闲"。假若生逢乱世，逃命尚且来不及，哪里还有闲情雅致来隐居。于美丽的西湖边，看梅花怒放，听野鹤长鸣，林逋过上了传统文人最向往的"隐居生活"。

他超脱凡尘俗世，情怀高拔挺秀，为文人的躬耕自守、恬退隐居树立了最初的范本。而他的词作《长相思》，深深地浓缩了吴越青山绿水的万种风情，如一朵凝香含露的小花，意境优雅，盈溢出一抹清香。

至此，唐五代浓艳香软的词风，经过岁月的沉淀，到宋初已渐渐转为雅淡清远，故寇准、梅尧臣等都喜欢和林逋这样的隐士相唱和，洒脱之中带着些许无名的惆怅。

作为名士的隐士，林逋从内在气质到外在生活方式，都流露出"潮人"个性。而这追求也慢慢沉潜为一种基因，植根在宋代词人的血液里，影响了一批清高孤傲、卓尔不群的词人。

林逋存词仅三首，《点绛唇》为咏物一绝，《长相思》为闺情极品。故谈及宋词，始终越他不过。

性命双修，道佛双成：张伯端

张伯端生于北宋，是道家学派的重要人物。相传，他能形散神聚，神游千里，能将梦境中的物件拿到现实生活中。虽是道家代表，但晚年却"佛道双成"，炼出舍利子上千颗，世所惊叹。

八仙嫡传"张真人"

据说，汉钟离、吕洞宾等人一脉传下来的道教，在两宋时期得到了长足的发展。而这一派的第四代里最重要的传人之一就是张真人。不是张三丰，道教还有一个张真人，叫张伯端。

张伯端是北宋人，生于984年（另有983年一说），字平叔，号紫阳，因而被尊为"紫阳真人"，著有《悟真篇》，故也被尊为"悟真先生"。相传，他自幼饱读诗书，遍阅千书万卷，广泛涉猎儒释道三教的经书，上知天文，下晓地理，能占卜生死吉凶。他还懂刑法，通书算，精于医道，偶尔钻研一下摆兵布阵。用今天的话来说，简直就是通才、全才加天才。

可惜天妒英才，这样一个"高才生"

竟屡考不中，多年屈居幕府，只是一个刀笔小吏。通俗点说，也就是衙门里的"师爷"。这样的身份换成一般人肯定很不满。本是发光发热的大好年华，结果都空耗在府衙里，平淡无奇的生活实在没什么意义。好在，张伯端是个很有追求的人，他很早就选好了自己的人生路——寻真访道。而这些经历其实都能在他的诗词里找到些蛛丝马迹。

《全宋词》里现共收录张伯端两组《西江月》词。其一组为十三首，谈的是道教的修炼；另一组为十二首，讲的是佛教的修为。现各录一首如下：

丹是色身至宝，炼成变化无穷。更于性上究真宗。决了死生妙用。

不待他身后世，再前获福神通。自从龙虎著斯功。尔后谁能继踵。

《西江月十三首之十三》

法法法元无法，空空空亦非空。静喧语默本来同。梦里何曾说梦。

有用用中无用，无功功里施功。还如果熟自然红。莫问如何修种。

《西江月十二首之四》

在第一首词里，张伯端将道家的修炼生活基本完美地呈现给了大家。他谈到了道教炼丹术，说金丹炼好之后，服下去那真是变化无穷，还能得各种神通。一炉好丹，一缕丹烟，一位道士安然高坐，飘然若仙。单是想想这样的情形，就觉得朦朦胧胧，如真似幻，令人心生向往。而像朱砂、丹丸、真金、火炼、阴阳等专业术语，在《西江月

（十三首）》里更是俯拾皆是，一口气读下来甚至有种捡到很多"解药"的幸福感。

但回头再看第二首《西江月》，感觉就截然不同了。在这首词中，张伯端谈论的都是高深的佛理。法本无法，空也非空，静默和语喧原本也没什么不同。"果熟自然红"这几个字看似简单平常，如闲来之笔，却是道出了佛法修炼的真意。如能顺其自然，且勤种勤修，前因后果，一切自有定数。此时的张伯端已如一尊端坐云端的佛道大师，笑看红尘，看红尘中人茫无目的地奔波、索求，不自觉地竟含着一丝叹息。说起来，自己的禅修悟道也是一场机缘。

相传，1069 年时，张伯端遇到了一位高人。很多野史见闻里说，此人为张伯端师父，刘姓。刘师父甚是厉害，能够夏天穿棉衣而不觉热，冬天穿单衣而不觉寒，基本上相当于"移动式人体空调"。正是这位拥有神通的刘师父，将自己的绝学"金液还丹"传给了张伯端，同时也促成了张伯端从道学转为禅学，并最终达成"三教归一"的成就。

按常理说，道教遵循的应该是"道生一，一生二，二生三，三生万物"的顺序。但张伯端主张"教虽分三，道乃归一"。他认为道教修的是"命"，而佛教修的是"性"，只有内外通透圆融，才能有明澈顿悟，所谓"性命双修"正是这个道理。

而这"性命双修"里，其实还藏着个"神游折花"的故事。说是张伯端的道友中有位高僧，入定的时候，人虽打坐，却可以"灵魂出窍"，方圆几十里随便神游。一天，张伯端问他："今天能跟您一起出去游玩吗？"和尚很高兴，说好啊。于是，两人就约着一起去扬州赏琼花，而且要折一枝回来做凭证。约定之后，二人就各自入定，神游到了扬州。用我们现在流行的话来说，这就是穿越，只不过是地点的穿越而非时间的穿越。过了一会儿的工夫，两人都欠身而起。张伯端从袖子里拿出那枝扬州的琼花，而和尚一摸袖子，竟然空空如也。

浪迹云水老神仙

在"神游折花"后，弟子问张伯端，为何同样是"神游折花"，和尚就拿不出凭证呢？张伯端解释说，平常的修行都是只修性，不修命。换句话说，只修炼气法，而不修命的话，等于是"阴神"。而我们是性命双修，散虽成气，但聚则成形，所以是"阳神"。阴神是虚的，而阳神却是实的，阳神可以移动物体，他们却不能。此为"性命双修"的妙处。

其实，如果我们只是道学的旁听生，能大概解其意、知其论就可以了，没必要一定知道这"性命双修"的来龙去脉。毕竟，修为一事也是要看机缘的。再好的根基，没有那份成就你的机缘，一切都只能是空谈。

要说起张伯端潜心道学的机缘，还真是拜了一人所赐。不是无聊的上司，也不是有特异功能的刘老师，而是他府上一个薄命的丫鬟。

这段逸闻在《临海县志》中曾有记载，但也有好学者考据其县志本身不足以信。但信与不信，县志都在那里。能够去了解历史的也只有这些古书了，即便做不得实，也可以姑且听之。

县志上说张伯端非常喜欢吃鱼，有一次在官邸办事，家里便差人去给他送饭。朋友们知道他嗜鱼，便把鱼藏在房梁上戏弄他。结果他找不到鱼，便怀疑是送饭的丫鬟偷吃了，回家后还重罚了她。丫鬟羞愧难当，百口莫辩，含恨自杀。

事情过去后就渐渐被他淡忘了。又一天，他看到梁上掉下来一些蛆虫，才发现竟是从藏在梁上的烂鱼中掉下来的。此时，他方才知道原来是自己冤枉了丫鬟。经此一事，他不禁喟然感叹，连这样一件小事都隐含着如此巨大的冤情，在府衙内的卷宗里，不知道还积压了多少箱子类似的冤案呢。想到这里，张伯端的职业理想发生了毁灭性的动摇。他决定辞官不做，专心悟道。为了表达自己的心志，他还赋诗一首：

刀笔随身四十年，是非非是万千千。

一家温饱千家怨，半世功名百世衍。

紫绶金章今已矣，芒鞋竹杖经悠然。

有人问我蓬莱路，云在青山月在天。

这首诗无疑是张伯端对自己从前漫长职业生涯进行的一次深刻反思。刀笔随身，是非也随身。而今，他不想参与这些俗务了，唯愿放下一切，远去蓬莱，竹杖芒鞋，青山绿水。如此一来，当真是悠然惬意，自得意满。赋毕，他便放火将所属案卷焚烧殆尽。

按理说，一般人辞官不做就算了，但张伯端临走还闹出一起"纵火案"，结果不幸触犯了宋朝火烧文书的律法，被发配到边疆。所以，有人将这首《西江月》认定是张伯端悟道后所作，也是颇有道理的。

彻底摆脱红尘俗事后，张伯端写下了《悟真篇》《悟真篇外集》《金丹四百字》等书，为后代炼丹采药、修道悟法，提供了可资借鉴的丰富材料。相传，清朝雍正皇帝病重的时候，曾夜梦张伯端来为自己治病，结果第二天一早醒来，就发现病去了大半。于是，雍正为感谢紫阳真人，特地跑到白云观去祭拜，足见其影响深远。

那么，张伯端悟道后的生活是什么样的呢？据《历代神仙谱》描绘，他的晚年生活主要是"浪迹云水，遍历四方，访求大道"。而其中"浪迹云水"这四个字又是多么令人怦然心动啊！云水禅心，独自前行的坚定背影被吞没在山中的薄雾间；心中的妄念随山中云海一点点消散，内心渐渐澄澈，又不断升腾起团团祥和……单是这样的画面，就可以体会出"浪迹云水"这四个字背后的浪漫仙境……

1082 年，将近一百岁的张伯端结束了自己的住世生活，驾鹤仙逝，趺坐而化。

泪为苍生美人流：贺铸

北宋开国初，西夏首领曾接受过宋太祖赐予的官衔。可及至宋仁宗时，李元昊建国称帝，开始不断抢夺汉族人口和财物。而宋军由于缺乏战斗力，几乎屡战屡败，不得不向西夏纳税换苟安。王安石变法中新党执政，屈辱局面曾一度改善。可惜，王安石变法失败，旧党上台，卑躬屈膝的氛围再次甚嚣尘上。

这时，冒出来一个地方小官。

他人微言轻，又远离京城，既没有朝堂之上慷慨陈词的悲壮，也没有战死沙场的机会，只能在苟安的时代中体会自己的人生。大宋朝醉生梦死、歌舞升平，他对着自己空旷的日子，徒然一声断喝，犹如晴空闪电，尖锐地刺破了时局温软的喉咙，发出了振聋发聩的雷鸣。

《六州歌头》也因自身的激情与光芒，历来被作为《东山词》的压卷之作。

少年侠气，交结五都雄。肝胆洞，毛发耸。立谈中，死生同，一诺千金重。推翘勇，矜豪纵，轻盖拥，联飞鞚，斗城东。轰饮酒垆，春色浮寒瓮，吸海垂虹。间呼鹰嗾犬，白羽摘雕弓，狡穴俄空。乐匆匆。

似黄粱梦。辞丹凤，明月共，漾孤篷。官冗从，怀倥偬，落尘笼，簿书丛。鹖弁如云众，供粗用，忽奇功。笳鼓动，渔阳弄，思悲翁。不请长缨，系取天骄种，剑吼西风。恨登山临水，手寄七弦桐，目送归鸿。

《六州歌头》

上阕以"少年侠气，交结五都雄"开篇，一"侠"一"雄"奠定了全词的基调。接着，贺铸详细描述了自己与伙伴们的品性：肝胆相照、生死与共、豪放不羁、英勇盖世。带着鹰犬狩猎，踏平狡兔之巢；围聚豪饮，可吸干海水，气魄如虹。"雄姿壮彩，不可一世。"言辞中，结交豪雄之情，吞吐山河之势，令人无限神往。然而，以"乐匆匆"三字戛然而止，似有转折之意。

至下阕，首句急转直下，匆匆美梦，朝气蓬勃的生活原来只如一枕黄粱。赏心乐事的青春一掷如梭，沉沦困厄的官宦生活逐渐取代了少年侠客的快乐。"明月共，漾孤篷。官冗从，怀倥偬，落尘笼。""供粗用，忽奇功。笳鼓动，渔阳弄，思悲翁。"这是词人对自己十几年来生活的写照，也是胸中愤懑的一种抒发。

原本是行侠仗义、豪情满怀的少侠，立志报国，却误入牢笼般的官场，在地方打杂，案牍中劳形，不能驰骋沙场、建功立业；一腔抑郁，化为满肚子的牢骚。三字一顿犹如层层巨浪，直指苍天埋没才华的不公。长歌当哭，英雄泪，散满襟。"剑吼西风"四个字把所有的悲愤与激越推向了狂怒的高峰。词作结尾三句峰回路转，"恨"

字一出，怒吼变成了悲凉。凌云之志无处施展，只能抚琴诵词，看山水孤鸿。

由于词牌所限，宋词题材多有趋同。大部分为依红偎翠之作，而绝少直言家国大事。及至靖康之后，才有了岳飞、张孝祥、陆游、辛弃疾等人的爱国作品。然而，能够写出如此义薄云天、侠情万丈的，非贺铸莫属。

贺铸，字方回，是宋太祖贺皇后的族孙，所娶的媳妇也是宗室之女，标准的"皇亲国戚"。然而他却始终不得志，初为武职，位低事烦；后改为文职，亦不能实现理想与抱负，终于请辞，定居苏州。

贺铸与北宋其他词人不同，他生于"军人"世家，本人也从武职开始做起，从小就希望能够为江山社稷谋划。只可惜，他空有为国之志，却难寻报国之门。依赖求和而苟安的朝代，再大的侠客恐怕也宏愿难平。

其实，宋朝建立伊始便不断受到北方少数民族的军事威胁，但放眼宋词，爱国、抗战的内容却少之又少，今仅存十余首。而以戎马报国为主题的，只有苏轼词《江城子·密州出猎》可与贺词为伯仲。然而，苏词的"会挽雕弓如满月"壮虽壮矣，却少了胸中一波三折的愤懑，到底是比贺铸纵横一世的气魄差了些顿挫。

而贺铸的这首《六州歌头》笔力雄浑苍健，上承苏轼，下启南宋辛派，在词史上有着不容忽视的地位。身为侠客，贺铸渴望建功立业、披荆斩棘；而身为词人，他除多情敏感、豪气干云之外，还有一份温暖的深情。

贺铸一生几乎都是屈居下僚，经济上并不宽裕。而贺铸的妻子赵氏虽是千金小姐，但嫁给贺铸后勤俭持家、不惧劳苦，对丈夫非常体贴，夫妻二人感情深厚。但后来，妻子不幸过世，贺铸想起曾经相濡

以沫的时光，悲从中来，挥笔写下一首《鹧鸪天·半死桐》，以悼亡词
寄托自己的哀思：

> 重过阊门万事非，同来何事不同归？梧桐半死清霜后，头
> 白鸳鸯失伴飞。
>
> 原上草，露初晞。旧栖新垅两依依。空床卧听南窗雨，谁
> 复挑灯夜补衣！
>
> 《鹧鸪天·半死桐》

本篇词作从"物是人非"的感叹入手，不禁有"为什么同来却
不同归"这种责问，看似无理取闹，实则情到深处。有人说爱情的最
高境界，就是"敬他如父，尊他如兄，亲他如弟，爱他如子，视他如
友"。贺铸的追问，既有不合常理的撒娇与嗔怪，也暗含了不忍诀别的
撕心裂肺。秋霜过后梧桐半死，词人以白头鸳鸯自喻，垂垂老矣，却
无人相伴，孤独和凄凉呼之欲出。

一灯如豆，夜雨敲窗，想起妻子从前"挑灯夜补衣"的形象。凄
怨哀婉的情感，缓缓打开读者的心扉，令人不免潸然泪下。这首纪念
亡妻的小词与苏轼的《江城子》同为悼亡词中的精品。所不同的是，
贺词中贫贱夫妻患难与共的真情更加荡气回肠。苏词说"小轩窗，正
梳妆"；而贺词却用"挑灯补衣"来反衬生活的艰辛，同甘共苦之情，
比简单的爱恋更加深切动人。

所谓"平生只流两行泪，半为苍生半美人"，这句话在贺铸身上得
到了印证。

《六州歌头》里的英雄气、《鹧鸪天·半死桐》中的儿女情，就是
贺铸"侠者之风"的体现。豪情是"侠"的骨骼，柔情是"侠"的血
肉，刚柔并济才不失为大侠风范。江湖风波，宋江的山寨和包公的衙

门，是否真的有飞檐走壁的英雄，我们不得而知。但贺铸的侠骨柔情却在言辞中清晰可辨。然而，在贺铸的人生里，我们似乎忘记一段他最为人所乐道的故事，讲的是他退居苏州时，碰到了一位妙龄女郎，心花怒放之际，写下千古名篇《青玉案》：

凌波不过横塘路，但目送、芳尘去。锦瑟华年谁与度？月桥花院，琐窗朱户，只有春知处。

飞云冉冉蘅皋暮，彩笔新题断肠句。试问闲愁都几许？一川烟草，满城风絮，梅子黄时雨。

《青玉案》

姑苏水乡，横塘梦境，美人已去，却爱慕难忘。古人的"闲愁"相当于我们今天的"爱情"，青草、柳絮、飞雨，铺天盖地，难以计算其多少；正如可遇而不可求的爱的愁绪。贺方回也因这首小词得名"贺梅子"。周汝昌先生说："晚近时候再也没有听说哪位诗人词人因名篇名句而得名。"可见，宋代的文人是风趣而又开朗的。

有剑吼西风的潇洒，有伉俪情深的贤妻，似乎还曾偶遇过美妙的艳遇。上天对贺铸如此偏爱，恐怕正是安慰他无处施展豪情的落寞吧！

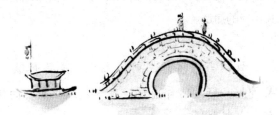

洗尽凡心，满身清露：朱敦儒

朱敦儒，生于北宋，少时作词"我是清都山水郎"，洒脱飘逸，不染凡尘之气。晚年，因受秦桧胁迫短暂出仕，却不幸被人定为"平生最大的污点"。晚年看透人情淡漠，转而过起了隐士的生活。后人慕其潇洒通透，尊为"词仙"。

放开才是正道

靖康元年，宋朝遭逢劫难，金兵铁蹄踏进中原国土，攻陷了汴京，宋室南渡，江南烟雨，国运弱如游丝。

北宋灭亡之后，朱敦儒在战乱中背井离乡，离开生养他多年的故土洛阳，随着逃难的乡亲四处漂泊，过着居无定所的生活，满目疮痍的现状令他大受打击，梦想落在地上摔得粉碎，那四处飞散的碎片生生地将他的心窝划出道道疤痕，那是丢失家园的痛楚，是清平岁月一去不返的痛楚。

故国当年得意，射麇上苑，走马长楸。对葱葱佳气，赤县神州。好景何曾虚过，胜友是处相留。向伊川雪夜，洛浦花朝，占断狂游。

胡尘卷地，南走炎荒，曳裾强学应刘。空漫说、蟠蟠龙卧，谁取封侯。塞雁年年北去，蛮江日日西流。此生老矣，除非春梦，重到东周。

《雨中花》

这首《雨中花》便是朱敦儒在这次剧变之后而作的，格调低沉悲怆，立意哀伤苍凉。人说如果过奈何桥不喝下那一碗孟婆汤，便会在来世依然记得那前尘往事的苦，此话虽不可考究，然而如若今生就有一碗可以忘记万般尘事的孟婆汤，想来朱敦儒定会是一饮而尽的，毕竟世事太过凄凉。

在词的上阕，朱敦儒将旧日里的故国景色描写得淋漓尽致，而就在盛况狂游到了巅峰的时候，他突然就此打住，笔锋逆转，在戛然而止中将而今所遭遇的苦难一一呈现出来，大起大落的对比令整首词更显悲壮，从中更可看出词人风格的与众不同。

遭逢劫难之后，朱敦儒一直过着隐逸的生活，虽然期间朝廷对他有过起用，但可惜时间都十分之短，所以朱敦儒的一生可以说是"大隐隐于市"，一直过着市井生活，所以他的大多数作品也是反映了闲适的平民生活。

插天翠柳，被何人、推上一轮明月？照我藤床凉似水，飞入瑶台琼阙。雾冷笙箫，风轻环佩，玉锁无人掣。闲云收尽，海光天影相接。

谁信有药长生，素娥新炼就，飞霜凝雪。打碎珊瑚，争似看、仙桂扶疏横绝。洗尽凡心，满身清露，冷浸萧萧发。明朝尘世，记取休向人说。

《念奴娇》

朱敦儒一直被人称赞有"天资旷逸，神仙风致"，这首词更是将他的特点体现出来。首句便出语不凡："插天翠柳，被何人、推上一轮明月？"用奇思幻想将这首词推向了一个想象的高度。想来，隐居于市井之中的朱敦儒应该是常常赏月之人，因为他懂得月夜里的寂寞如水，冰凉彻骨，仙子孤独寄居于月宫之中，正如他自己悄然隐逸于民间一样，都是心怀高傲之人，但都只能蛰伏于此，他们在相互遥望之时，回顾天空，当"闲云收尽"，只怕会是在海光天影之中产生茫茫眩晕，在亦真亦幻的感觉中，仿佛能再次看到往昔繁花似锦的景象。

当然，"洗尽凡心，满身清露，冷浸萧萧发"。一切不过是清梦一场，月光虽美，终会被明日的朝阳所遮掩，一夜过去，世间再回归平常，就像万事都没有发生过一样。

人生颠倒，都似浮云

身隐并不代表心隐，就好像三国时期的诸葛孔明，虽然蛰伏乡野之间，但却心怀天下大事，所以日后遇到刘备，才能成就一番伟业。可惜历史从不重复，朱敦儒虽有其心，却生不逢时，他没有遇到如同刘备一样的恩主，他也身处乱世，这样的机缘更是令他感到心力衰竭。

在靖康之难十四年之后，他一腔沉痛地写下了《临江仙》这首词，从词中看来，当日的剧变所带给他的阴影还未能消散，那个时代的悲剧令他沉痛哀悼。

直自凤凰城破后，擘钗破镜分飞。天涯海角信音稀。梦回辽海北，魂断玉关西。

月解重圆星解聚，如何不见人归？今春还听杜鹃啼。年年看塞雁，一十四番回。

《临江仙》

开门见山便由汴京被攻陷写起，深感往昔一去不复返的伤痛。任何时代的文人总是会将作品的内容烙上时代的印记，不管是有意还是无意的，这都是一种潜意识的不自觉行为，而朱敦儒则是将北宋被历史抛弃的悲惨现实深深地融入了这首《临江仙》中，沉痛地唱出了一曲时代的哀歌。借词抒情，想要将一切的人生悲欢离合、喜怒哀乐都洗去，可是人心究竟能有多久的保鲜期谁也不知道。那份曾经沉甸甸压在心头的执着之情能在岁月的洗涤中持续多久呢？大概不会长于一生吧。

　　朱敦儒后期的隐居生活所作的词多是平平淡淡的，没有很大的情绪波动，也不见早日的愤怒和凄凉，只有在那一句句真切诉说的词句背后，仿佛还能隐隐看到当日那个"梦回辽海北，魂断玉关西"的朱敦儒。

　　堪笑一场颠倒梦，元来恰似浮云。尘劳何事最相亲。今朝忙到夜，过腊又逢春。

　　流水滔滔无住处，飞光忽忽西沉。世间谁是百年人。个中须著眼，认取自家身。

《临江仙》

　　看破红尘，在浮云流水中朱敦儒终于从深沉的沦落感中挣脱了出来，用写意的手笔将曾经让他感到令春秋黯淡的丧国之痛，淡然道出。这是悟，也是道。

　　关于朱敦儒的词，最喜《念奴娇》中的最后一句："明朝尘世，记取休向人说。"百转千回，最终得来这样的意境，当初啼血悲歌，感天恨地，也换不来往事重演，执着是虚妄，而今梦魂依旧在，只是已不再同于往日了。有时，放开便是道。

山乡清丽，人生简静：范成大

如果说陆游和杨万里是宋代的"李白和杜甫"，那么范成大无疑便是宋代的"孟浩然"。

范成大，生于南北宋之交的1126年，号石湖居士，一生以田园诗歌见长，诗风飘逸淡远。与陆游、杨万里、尤袤并称为"中兴四大诗人"。

范成大虽有报国之志，却无报国之机，晚年退居故乡石湖，只能守着孝宗御笔亲提的"石湖"一匾，静观尘世，默念苍生。

退隐江湖，种田养蚕

范成大所作之词以田园种类的最为杰出，之所以成就最大，是因为情感最为平稳。早年的范成大家境贫寒，自强自立，从一个贫寒的苦孩子生生考上了功名，在朝廷中谋得了职位。范成大是努力的，他将自己的每一份工作都尽量做到最好。

可是，身处南宋末期的他身不由己。很多时候，我们以为只要自己足够努力便能改变一切，其实不然。范成大无论再怎么努力也没能改变一些他想要改变的事情，就算是在他出使金国、差点遭到杀害且几次命悬一线的时候，他也从未放弃过努力。可是，这样的努力依然没能改变历史的发展轨迹。

在范成大的眼中，他所见到的并不是一个富强安定的国家，而是四处饥荒、民不聊生的民族，那个时候的范成大是愤怒的，他将自己的愤懑激昂地表达出来，可是最终他还是只能眼睁睁地看着山河日下，繁华不再。

面对这样的结果，他无能为力，那时他的情绪定是如同波涛起伏的海浪，无法平息，心绪的不能宁静使得范成大的前半生屡受挫败。虽然他仕途得志，一路做到了参知，但是高官厚禄不能弥补内心的悸痛，终于在他五十八岁的时候，他因被人弹劾而心灰意冷，便借口养病告老还乡，而在他决定退隐的那个瞬间，范成大才恍然看透了世事。

退隐石湖之后，他每日种田养蚕，竟在那琐碎的农活中参透了之前自己一直无法参透的人生，至此心绪日渐平稳，而所作之词也日渐彰显大家风范。杨万里《石湖居士诗集序》评价范成大的诗词成就，认为他"大篇决流，短章敛芒；缛而不酿，缩而不僭。清新妩媚，奄有鲍谢；奔逸隽伟，穷追太白。求其支字之陈陈，一唱之呜呜，不可得世"。而我却要说，心之安稳，才情方可彰显十分。物由心生，这是被认为十分唯心主义的说法，其实仔细想来，也不尽然，人们常说用心去看世界，方能看得更远，有时候，心放开了，境界自然而然也就放开了。

读范成大的词一定要点滴不漏，老老实实地看下来，他的词不像苏轼等人的一开口便有着令人惊艳的晕眩，也不是凄艳动人，会令人深深迷醉其中无法舍弃的词家风范。范成大的词只能细细品，就好像喝一杯刚刚冲泡好的碧螺春，在嗅着杯口袅袅而升的茶香中，一小口一小口地啜下，喝到杯底，便能将整杯的茶喝出精髓来，那是可以深入灵魂绽放出千年不败的洁白花朵，虽不妖娆，但却足够深远。

看山看水看人间

　　梅子金黄杏子肥，麦花雪白菜花稀。

　　日长篱落无人过，惟有蜻蜓蛱蝶飞。

《四时田园杂兴》（其二十五）

　　这是范成大归隐田园后所作的诗，在这首诗中有着十分明亮欢快的色彩。此时的范成大眼中只有如同金子般灿烂的梅子，还有如雪洁白的菜花，这些植物在春风中肆意地生长，将范成大也感染其中，生命的张力不可小觑，就连那小小的蜻蜓蝴蝶也在篱笆旁边翩翩起舞，它们与世事无争，只在短暂的春光中享受那稍纵即逝的快乐。

　　人世的短暂不也正如这春光一样吗？稍纵即逝，人生的那几十年短暂到还未来得及细想便只剩暮年了，范成大在他垂暮之年将生命悟出了真理，就像释迦牟尼在菩提树下的突然顿悟一般，他觉得灵台一片清明。

还是清净自在些的好，只有在这里才能自己决定自身的命运，家国天下虽大，但却在那一瞬间令他感到万分遥远，恍如隔世。而在这片小小的田园里，看着身边可爱灵动的昆虫和静静生长的植物，范成大在几十年的生命中首次觉出了满足与纯粹。

春涨一篙添水面。芳草鹅儿，绿满微风岸。画舫夷犹湾百转。横塘塔近依前远。
江国多寒农事晚。村北村南，谷雨才耕遍。秀麦连冈桑叶贱。看看尝面收新茧。

《蝶恋花》

开篇一句"春涨一篙添水面。芳草鹅儿，绿满微风岸"将景色的美写到了极致，胡兰成在他的书中开篇便写道："桃花难画，因要画的它静。"而范成大写景却将景色写入了静致的精髓里，春水芳草，微风拂面，和谐的画面里透出了生命熠熠的活力。范成大以"清新妩丽"而又"奔逸俊伟"的诗风驰名于世，而他的词也同样兼具这二者的特色。因为心思敏锐，范成大总能将山石清泉写出灵气，将升斗细民的悲欢赋予生命。在范成大的词中，无论是写景还是写人，都能体现出一种别致细腻的感情来。

他整首词都可以用来渲染田园的风光，但却并不让人觉得厌烦，反而心里会生出盎然的兴趣，视野随着词人的描述而逐渐开阔起来，"江国多寒农事晚。村北村南，谷雨才耕遍。"一片水乡风光跃然纸上，传出了些许的浓郁而又恬美的农家生活气息。读者在范成大的词中心醉神迷，而范成大则在他清丽的水乡春景中怡然自得，历史的画卷慢慢舒展，人生一蹉跎，便是垂垂老矣。两鬓斑白的范成大屹立田间，看山望水，远方的落日有着余晖暖暖的温度，播撒人间。

踏破铁鞋不如随遇而安：夏元鼎

夏元鼎生于 1201 年前后，具体生卒年皆不详。自云曾受仙人指点，修习阴阳五行及炼丹之术。最为后世称奇的诗句为："踏破铁鞋无觅处，得来全不费工夫。"

踏破铁鞋不如随遇而安

佛教的流传甚广，在传入中国后有许多的传说留下，最广为人知的便是唐三藏取经，成了日后小说《西游记》的蓝本。佛教在中国的历史十分悠久，虽然经历了不断的兴衰，但兴盛之架势依然有增无减，在唐朝后期对佛教的沉重打击之后，到了宋朝，佛教与儒学和本土的道教相互融合，形成了一种新的思想，在之后的朝代中不断延伸、渗透。苏轼在《怀西湖寄晁美叔同年》这首诗歌中写道过："独专山水乐，付与宁非天。三百六十寺，幽寻遂穷年。"

在居于江南的宋王朝，佛教的淡泊宁静之感令许多人甚感安慰，在当时市井发达、商业繁荣的大背景之下，佛教能给人们带来与凡尘俗世不一样的感觉，因此佛教在宋朝能得以广泛的传播也不足为奇。所以，寺庙也就修建甚多。当然，这点除了是因为人们思想上的信仰之外，还要得益于文人们的推广。好比苏轼，苏轼的前半生官场起伏，而后半生则是与佛结缘，终日参悟佛法，与人讨论，而在宋朝像苏轼这样的文人士大夫并不在少数。所以，对于佛法的参悟与推广已经成了当时的一种社会风气和时代风尚。在那个时代，人们通过学习佛理可以了解到，其实寰宇如此之大，并不仅仅是天地君亲师而已，还有更多他们所无法领会到的领域。

这就促使了当时的许多人对佛法产生了兴趣，而夏元鼎则是其中之一。他字宗禹，是南宋时期永嘉地区的人，关于他的生平资料十分之少，只有从一些零星的文献上可以考究到夏元鼎爱好旅游，而且还偶遇仙人，为他传授炼丹采药的秘籍。夏元鼎之后才自号为云峰散人、西城真人。他一生强调自身修炼，属南宗清修派。这就是关于夏元鼎的一生。

细说这些，是为了能更好地理解夏元鼎后来的思想观念，有时候知晓一个人的经历生平，才能了解这个人的心思如何。有些事情，知晓前因才得后果，作为历史的寻踪者，我们也只能是将其一切都探究清楚。

夏元鼎词，著有《蓬莱鼓吹》一卷，书中所写，大多和佛法有关。对于夏元鼎而言，作词并非为了名留青史，成为千古文人骚客，他更多是为了记录他自己在清修之中的思想和论证。

天上神仙路。问谁能、超凡入圣，平虚交付。三岛十洲无限景，稳驾鸾舆鹤驭。更驯伏、木龙金虎。造化小儿真剧戏，炼阳精、要戴乾为父。须定力，似愚鲁。

三旬一遇交乌兔。便丹成、天长地久，桑田变否。四象五行攒簇处，全藉黄婆真土。无私授、人多胡做。堪叹红尘声利客，向花朝月夕寻妆妇。应不解，乘槎去。

《贺新郎》

在夏元鼎所处的时代，因为对未来和时空的不甚了解，人们所能解释万事万物的也只有唯心而论了，夏元鼎自然无法走出历史那个时代狭小的时空。在他寻师问道期间，所得来的理论倒也是章剖句析，皆有灼见。

南宋学者真德秀和他交往密切，称夏元鼎所著"读之使人焕然无疑"。夏元鼎的词中讲述的多是自身修炼丹法，他主张三教合一，认为炼丹是修行的一大要事，但同时，夏元鼎也认为修炼不可强求，不能操之过急，不然会适得其反："堪叹红尘声利客，向花朝月夕寻妆妇。应不解，乘槎去。"

词尾以这句结束，表明在夏元鼎的修炼过程中，他所看重的并不单单是那成道的结果，还有修行过程。夏元鼎曾写过一首七言绝句：

> 崆峒访道至湘湖，万卷诗书看转愚。
> 踏破铁鞋无觅处，得来全不费工夫。

《绝句》

这便是他辗转学道的真实感受，夏元鼎的思想也可以从这首诗中窥探出个一二，他认为根本不必要执着于书本之上，而是要放眼世界，

这样才不会走入歧途，或背离真相，而且一味执着对修炼也未必就有好的效果，反而在适当的时候放弃才会得到意想不到的效果。

人生一世，不过随缘

　　夏元鼎一生词作颇多，但所表达的中心思想也不过是这首七言绝句中所说的那样："踏破铁鞋无觅处，得来全不费工夫。"在夏元鼎看来，悟道之处正在于此，不必执着，风景就在那人生的一转弯处露出春芽。这浅显的情感隐藏在夏元鼎朴实无华的笔锋之下，在他的笔尖流淌成了一首一首读之有味的诗词。夏元鼎毫不造作，就如同他寻师问道一般，在无华的光景间就流露出了真性情。这份性情从夏元鼎身上流淌而出，却不知道感染了多少后来人。

　　夏元鼎纯真勇敢，他就好像是孩子一般在执着地追寻着他想要的东西，但他又如同孩子一般并不是为了得到而得到，所以他最后可以在山巅之处看到云层之后的真相，那是他寻求的。

　　天下江山，无如甘露，多景楼前。有谪仙公子，依山傍水，结茅筑圃，花竹森然。四季风光，一生乐事，真个壶中别有天。亭台巧，一琴一鹤，泥絮心田。

　　不须块坐参禅。也不要区区学挂冠。但对境无心，山林钟鼎，流行坎止，闹里偷闲。向上玄关，南辰北斗，昼夜璇玑炼火还。分明见，本来面目，不是游魂。

《沁园春》

　　所以，夏元鼎的词中多带有仙迹仙踪，读他的词就好像在山顶之上吹着清冷的微风，令人神清气爽，但又刺骨而寒。"南辰北斗，昼夜璇玑炼火还。分明见，本来面目，不是游魂。"但再读下去，又好像峰回路转，柳暗花明一般，人生的奇妙在夏元鼎的词中一览无遗，没有任何缘由，也不需要什么借口，只是信步走过一生。在夏元鼎的词中，人生永远都是这样的无忧无畏。

虽然怡然自得并不是始于夏元鼎，前人也有这样淡泊清疏的词句，但是，夏元鼎却能将这份情愫入木三分地描写出来，因为这是他一生所悟出的道理——人生亦长，人生亦短。夏元鼎借着四季风光来写人生应当如何对待：其实寻道不需要专门坐禅，也不需要专门挂冠，只要心中有道，心中有佛，便是一生流连四方，也最终是身处佛道之中。

要识刀圭诀，一味水银铅。驴名马字，九三四八万千般。愚底转生分别，划地唤爷作父，荆棘满心田。去道日以远，至老昧蹄筌。

譬如人，归故国，上轻帆。顺风得路，夜里也行船。岂问经州过县，管取投明须到，舟子自能牵。悟道亦如此，半句不相干。

《水调歌头》

人生长路，很多时候都由不得我们自己来选择。执着还是虚妄，完全在人的信念之间。不过，话虽如此，但命运并不是决定一个人人生路方向的最终裁定者。在人生的岔路口上，决定最后方向的还是自己。虽然讲求随缘而安，但这所谓的缘分，也是要靠自己来争取，不是从天而降的。所以，只能说，人各有志，虚妄淡然，皆是表象。

正如夏元鼎词中所言"舟子自能牵。悟道亦如此"，世事漫随流水，风吹船动，船走人随。人间之事，如同飘入掌心的水滴，倏忽而至又倏忽而逝。抓不住影踪，不如随缘。

图书在版编目（CIP）数据

那么慢，那么美：三生三世里的宋词 / 玉裁著 . --
北京：中国华侨出版社，2017.12（2019.1 重印）
ISBN 978-7-5113-7335-9

Ⅰ . ①那… Ⅱ . ①玉… Ⅲ . ①散文集－中国－当代
Ⅳ . ① I267

中国版本图书馆 CIP 数据核字（2018）第 006090 号

那么慢，那么美——三生三世里的宋词

著　　者：玉　裁
出 版 人：刘凤珍
责任编辑：高文喆
封面设计：施凌云
文字编辑：黎　娜
美术编辑：李丹丹
经　　销：新华书店
开　　本：880mm×1230mm　1/32　印张：7.5　字数 193 千字
印　　刷：三河市燕春印务有限公司
版　　次：2018 年 4 月第 1 版　　2021 年 10 月第 19 次印刷
书　　号：ISBN 978-7-5113-7335-9
定　　价：36.00 元

中国华侨出版社　北京市朝阳区西坝河东里 77 号楼底商 5 号　邮编：100028
法律顾问：陈鹰律师事务所
发 行 部：（010）58815874　　传　真：（010）58815857
网　　址：www.oveaschin.com　E－m a i l：oveaschin@sina.com

如果发现印装质量问题，影响阅读，请与印刷厂联系调换。